词品

[明]杨 慎 著

岳淑珍 导读

上海古籍出版社

图书在版编目（CIP）数据

词品/（明）杨慎著；岳淑珍导读.—上海：上海古籍
出版社，2009.8（2018.4重印）
ISBN 978-7-5325-5388-4

Ⅰ.词… Ⅱ.①杨…②岳… Ⅲ.词（文学）—文学研究—
中国—古代 Ⅳ.I207.23

中国版本图书馆CIP数据核字（2009）第122199号

词　品

[明]杨　慎 著　岳淑珍 导读

上海世纪出版股份有限公司　出版发行
上海古籍出版社
（上海瑞金二路272号　邮政编码200020）
（1）网址：www.guji.com.cn
（2）E-mail:guji@guji.com.cn
（3）易文网网址：www.ewen.co

发行经销　新华书店上海发行所
制版印刷　上海丽佳制版印刷有限公司
开本　889×1194　1/36
印张　5 8/36　字数 100,000
印数　14,001—17,300
版次　2009年8月第1版
　　　2018年4月第6次印刷
ISBN　978-7-5325-5388-4/I·2124
定价　14.00元

一

　　杨慎（1488-1559）字用修，号升庵，新都（今属四川）人。祖父杨春成化十七年（1481）进士，官至湖北提学金事；父杨廷和成化十四年（1478）进士，历仕三朝，官至宰相，为一代重臣。从其曾祖起，一门五世为官，从其祖父起，四代出了六个进士和一个状元。其父杨廷和精通诗文，擅长词曲；母亲黄夫人，出身书香门第，也有较高的文化素养。杨慎自幼生活在仕途显达、文化氛围浓厚的家庭里，11岁即能作诗，12岁作《拟吊古战场文》、《拟过秦论》，人皆惊为异才。其妻黄峨亦习诗通史，擅长词曲，很有才情。正德二年（1507），杨慎乡试第一；正德六年（1511）殿试第一，赐进士及第，授翰林修撰。嘉靖二年（1523），杨慎参加撰修《武宗实录》，忠于历史，秉笔直书，充分体现了他的史识和史才。世宗继位，任经筵讲官。嘉靖三年（1524），廷臣“议大礼”，杨慎等36人上言抗谏；后又与群臣大声啼哭，撞左顺门，忤旨请愿，震怒皇帝，受廷杖，永远充军云南永昌。明世宗以“兄终弟及”的形式继承王位，因此他即位后，就下诏礼部，令议其生父兴献王的封号及祭祀典礼，这就是所谓"议大礼"。杨慎怀着对朝廷的一片忠心，竭力维护皇统，坚决反对嘉靖帝为了提高父母、本家宗族利益，尊称没有做过皇帝的生父为兴献皇帝的决定，并且参与左顺门集体请愿活动，使嘉靖皇帝对杨慎产生了永远不能忘怀的怨恨，由此也决定了他后半生流放的命运。杨慎在等待、彷徨、矛盾中度过了前期贬谪生活后，自觉赦还无望，担心朝廷降祸，于是佯狂放纵，纵情声色，傅粉插花，狎妓捧觞；同时又访古寻胜，以文会友，博览群书，埋头著述。杨慎居滇三十馀年，往来旧朋，结交新学，授受生徒，寻幽探胜，一时传为盛事。与旧友张含、李元阳、王廷表、简绍芳、张佳胤等谈论诗作，鉴赏文字；与新朋董难、叶瑞、董云汉、叶泰、章懋、曾屿等悠游山水，诗酒唱和。其中张含、王廷表、李元阳、杨士云、胡廷禄、唐錡、吴懋等，时有"杨门七子"之称。杨慎久居云南，交游与学术活动从未间断，促进了民族之间的文化交流，为云南文化的繁荣作出了自己的贡献。嘉靖三十八年（1559），老弱病衰、万虑灰冷的一代才子杨慎卒于戍所，年七十有二。穆宗时追赠光禄寺少卿。

杨慎在明代以博学见称，稍其后的王世贞在《艺苑卮言》卷六中说："明兴，称博学，饶著述者，盖无如用修。"《明史》卷一百九十二本传称杨慎"明世记诵之博，著作之富，推慎为第一"。简绍芳《升庵先生年谱》称其"平生著述四百馀种"，《四库全书》收录其著作多达39种，《丛书集成初编》刊印杨慎著述八十馀种。其著述涉及经学、哲学、史学、考古学、音韵学、文献学、文学等多个学科，而其主要成就在文学，是有明一代学识广博的文学家。他存诗二千馀首，向以渊雅博丽、抗衡"七子"著称；其诗学理论对明代诗坛产生了重大影响。杨慎的词学著作也相当丰富，词集有《升庵长短句》三卷，《升庵长短句续集》三卷；词选有《词林万选》、《百琲明珠》、《填词选格》、《词选增奇》、《填词玉屑》（后三种已佚）；他评点过《草堂诗馀》，又是明代最早发现《花间集》的人，并亲自"品定"《花间集》；词论专著《词品》六卷，拾遗一卷，共多达三百二十馀则，为有词话以来篇幅之最。其词学创作及词学理论都在明代词学史上产生了不可忽视的影响。

　　《词品》撰写于杨慎被贬谪云南期间，成书于嘉靖三十年（1551）仲春，首次刊行于嘉靖三十三年甲寅（1554）。前有嘉靖甲寅周逊序及辛亥（1551）自序。明尚有陈继儒刊本。清乾隆间有李调元校刻《函海》本，《函海》本与嘉靖本次序颇有不同。1934年，唐圭璋辑得六十种词话，以《词话丛编》之名铅印出版，《词品》收入其中，唐氏以嘉靖本为主，而以《函海》本增补之，二者均有讹误者，以本集或选集订正，但此本在校勘方面有粗疏之处。今人王幼安在前人校勘的基础上，又据明陈继儒刊本校正，对原书有误或刊本有遗漏的地方，尽量参考他书以正之，与陈霆《渚山堂词话》合刊，收入《中国古典文学理论批评专辑》中，人民文学出版社于1960出版，但仍有讹脱。唐圭璋先生《词话丛编》修订本1986年由中华书局出版，针对王校本之舛误复加补正。因此，《词话丛编》本成为当今《词品》最为通行的本子。

《词品》六卷，拾遗一卷，"拾遗"卷后附有陈秋帆据《函海》本所补四则。《词品》内容丰富庞杂，涉及面广。书中尽可能搜罗考证历代词人词作本事以及前人品评之语。六卷基本按照时代顺序布局：卷一多记六朝乐府曲词，考证词调来源，论述词调与内容的关系，六朝乐府与词体的用韵等，甚至认为填词用语"非自选诗乐府来，亦不能入妙"，试图从各方面论述六朝乐府与词的同源关系。杨慎认为词体起源于六朝乐府，因此他的记述从六朝乐府歌词始。卷二以记述唐五代词人词作和闺阁、方外之作及故实为主，并解释考证词体中的生僻字词。卷三至卷六记述两宋、元代及本朝词人词作及故实。拾遗一卷多记歌妓、侍妾等女性之词作及故实。《词品》除了摘录、引述他人的词话外，共评论唐五代、宋、元词人八十馀人，涉及到词体的特性、风格、用韵、创作等诸多方面，在词学史上有较高的文献价值与理论价值。

以"品"名书，不始于杨慎，梁钟嵘《诗品》以上、中、下三品品诗，唐司空图撰有《二十四诗品》，把诗歌分为二十四种不同的风格。纵观《词品》的内容，作者似乎没有为词高下分品的意思，虽然周逊在《刻词品序》中把词分为"神品、妙品、能品"三品，含有高下之分，但杨慎《词品》之"品"，更多的是"品评"之意，还有揭示词品与人品关系的用意。杨慎通过对历代词人词作的品评，发表自己对词体诸多方面的看法。

在《词品》中，杨慎对词体的起源提出了自己的观点并加以详细论证。他在《词品序》中说："诗词同工而异曲，共源而分派。在六朝，若陶弘景之《寒夜怨》，梁武帝之《江南弄》，陆琼之《饮酒乐》，隋炀帝之《望江南》，填词之体已具矣。"杨氏认为诗词共源同工，六朝之乐府、唐人之七律与五代之词一脉相承。为了论证自己的观点，他在《词品》卷一中以具体作品为例进行分析，认为陶弘景诗《寒夜怨》与词《梅花引》格韵似之，仅换头微有不同；梁简文帝诗《春情曲》，与唐词《瑞鹧鸪》格韵略似；又认为"六朝人诗，风华情致，若作长短句，即是词也"。从杨慎的阐述来看，他认为词体起源于六朝有两个理由：一是"格韵"。他从"格韵"出发，探求词体之起源。"格"即句式与字数；韵，即押韵的方式。杨慎通过在古诗中寻觅句式长短和押韵规律与某一词牌的相像者，来确定"最初"的词。二是词体的特质。词的特性是绮艳婉媚，蕴藉而有风味，杨慎认为六朝诗风华旖旎、情致绰约，与婉约妩媚的曲子词特质相同。因此得出结论："填词必溯六朝，亦昔人穷探黄河源之意也。"杨慎这种从词的格韵与词体的特性出发探讨词体的起源，把六朝纤艳绮丽的小诗与风致婉丽的词联系在一起，给后人以启迪。六朝乐府诗本身就有调名，句式长短不齐，又多侧艳之作，无论形式还是内容与词皆有相似之处，因此，杨慎的词体起源说在词学史上能自成一家。

杨慎词体起源说的提出，一方面与其诗论密不可分。杨慎从进士及第的正德六年（1511）至嘉靖三十八年（1559）卒于永昌贬所，期间，正值前后七子文学复古的高涨期，复古派倡言"文必秦汉，诗必盛唐"，风靡一时，从者云集。而善于创新、思想开放的杨慎独立于"七子"之外，"挺然崛起"，"自成一队"，强调唐律源出六朝，溯流应穷其源，要求学律诗当取则六朝。杨慎的词体起源说正是其诗学观向其词学观延伸的结果。另一方面可能是有所本。在此之前，南宋人就有类似的观点，朱弁在《曲洧旧闻》中就指出："词起于唐人，而六代已滥觞矣。梁武帝有《江南弄》，陈后主有《玉树后庭花》，隋炀帝有《夜饮朝眠曲》，岂独五代之主，蜀之王衍、孟昶，南唐之李璟、李煜，吴越之钱俶，以工小词为能文哉。"（《历代词话》卷一引）但朱弁仅仅提出观点而未加以论述，杨慎继承朱说明确提出词体起源于六朝，并举例进行详细的论证，足以令人信服。

词体起源一直是词学家探讨的热点问题之一，历代词学家提出了诸多看法，诸如词体起源于《诗经》说、乐府说、唐律说等。而杨慎的词体起源于六朝说，影响深远，稍其后的王世贞在《艺苑卮言》中也提出相似的观点："词者，乐府之变也。昔人谓李太白《菩萨蛮》、《忆秦娥》，杨用修又传其《清平乐》二首，以谓词祖。不知隋炀帝已有《望江南》词。盖六朝诸君臣，颂酒赓色，务裁艳语，默启词端。实为滥觞之始。"梁启超在《词的起源》中也指出："观此可见凡属于《江南弄》之调，皆以七字三句、三字四句组织成篇。七字三句，句句押韵，三字四句，隔句押韵。第四句——'舞春心'，即覆叠第三句之末三字，如《忆秦娥》调第二句末三字——'秦楼月'也。似此严格的一字一句，按谱制调，实与唐末之倚声新词无异。"(《中国之美文及其历史》）王国维在《戏曲考源》中也说："诗馀之兴，齐、梁小乐府先之。"当代学者刘大杰虽然认为梁武帝所作还不能算严格的词，但也认为"填词萌芽确起于齐、梁间，而梁武帝在这种尝试填词的工作中，是一位最重要的代表。"(《中国文学发展史》中）杨慎的词体起源说成为诸说之一种，给后人以重要的启发，在词学史上影响很大。

杨慎博览群书，涉猎领域广泛，文献学知识深厚。任良幹在《词林万选序》中说："升庵太史公家藏有唐宋五百家词，颇为全备。暇日取绮练者四卷，名曰《词林万选》，皆《草堂诗馀》之所未收者。"由此可见他词籍收藏的丰富，丰富的收藏为他在《词品》中的考证、校勘、辑佚提供了良好的条件。杨慎在《词品》中考证了词调的来源，对当时流行的词选《草堂诗馀》误刻词人词作的情况加以勘正，对当时罕见之词作整首录入，以致详解词义、字义，并交代出处。这是《词品》不同于同时期词话的一个显著特点，也是杨慎博学在词学方面的具体体现。

对词调来源的考证最早见于南宋王灼的《碧鸡漫志》，他对32首唐宋燕乐曲子作了溯源析流的考论，资料翔实，王氏多从音乐的角度进行寻根求源。但到明代杨慎时期，词乐已佚，再从音乐方面探讨词调的渊源已不可能，杨慎是一个博洽多闻的著名诗人，他客观地从文献渊源方面探析词调的来源。他认为："词名多取诗句，如《蝶恋花》则取梁元帝'翻阶蛱蝶恋花情'。《满庭芳》则取吴融'满庭芳草易黄昏'。《点绛唇》则取江淹'白雪凝琼貌，明珠点绛唇'。《鹧鸪天》则取郑嵎'春游鸡鹿塞，家在鹧鸪天'。"杨氏用一种非常感性的方法考证相当枯燥的词调来源，很有特色，亦颇有道理，给后人以有益的启迪。清代词学家毛先舒的《填词名解》也曾用这种方法探析词调的命名。

杨慎在《词品》中还考证了词调与内容的关系。他认为词调在唐代多与词作所写内容相一致，比如李后主《捣练子》"即咏捣练，乃唐词本体也"，王晋卿元宵词名《人月圆》，"即咏元宵，犹是唐人之意"。他在研读词作的过程中，注意到了词调与所咏内容之间的变化，是由唐人的咏本意发展到后来的"借腔别咏"，比如元太保刘秉忠《干荷叶》曲本该咏干荷叶，但他却用《干荷叶》之调写出吊宋之作，并认为这种"借腔别咏"的创作方法，成为后世词体创作的惯例。杨慎这种考证与论述对明人进一步认识词体以及词体创作的演变过程有一定的积极意义，并且他考论的结果符合词体创作的演变过程。

杨氏藏书颇富，就词选而言，在《词品》中提到的就有《遏云集》、《花间集》、《兰畹集》、《花庵词选》、《诗馀图谱》、《天机馀锦》、坊刻及家藏旧本《草堂诗馀》，还有多种词别集及词人文集。除此之外，还有自己已经编就的《词林万选》、《百琲明珠》、《填词选格》等。《词品》对当时流传的词选《草堂诗馀》中所存在的误刻、漏刻词作多所纠正。比如对词作者失其名字的现象给以指明：《草堂诗馀》选有《蓦山溪》"青梅如豆"一词而不注作者名字，杨氏指出此词为张震（东父）所作；对部分词作的文字进行校勘和补正："周美成《过秦楼》首句是'水浴清蟾'，今刻本误作'凉浴'。"对词作中漏字漏句现象进行指正："周美成'寒食'《应天长》词：'条风布暖，霏雾弄晴，池塘遍满春色。正是夜堂无月，沉沉暗寒食。'今本遗'条风'至'正是'二十字。"对当时罕见之词予以全录："高观国，字宾王，号竹屋。词名《竹屋痴语》……旧本《草堂诗馀》选其《玉蝴蝶》一首，书坊翻刻，欲省费，潜去之。予家藏有旧本，今录于此，以补遗略焉。"杨慎所做的这些校勘、辑佚工作，文献价值很高，对人们全面、正确地掌握词人词作有一定的帮助。

《词品》还对词作中出现的生僻字词加以解释并说明出处。唐宋词距明代亦为时久远，其中一些字词已经成为"古代汉语"，明人解读起来已有困难，杨慎在《词品》中对这一部分字词进行了详细的考释。比如考释"草薰"一词："佛经云：'奇草芳花能逆风闻薰。'江淹《别赋》'闺中风暖，陌上草薰'，正用佛经语。六一词云'草薰风暖摇征辔'，又用江淹语。今《草堂词》改"薰"作"芳"，盖未见《文选》者也。《弘明集》：'地芝候月，天华逆风。'"不仅考证了"草薰"的渊源，又纠正了《草堂诗馀》之不当。像这样对词作中特殊词语的解释与辨析，《词品》中很多，诸如

"哀曼"、"屯云"、"等身金"、"侧寒"、"麝月"、"泥人"、"檀色"、"黄额"、"靥饰"、"花翘"、"垂螺"、"银蒜"、"闹装"、"秋千旗"、"椒图"、"解红"、"檐花"、"心字香"、"明珠溅雨"、"双鱼洗"、"孟婆"等，这种辨析与解释对当时人们更好地理解词义、鉴赏词作意义很大；今人也正是从杨慎的考释中才知道这些字词的渊源与用法，从而更正确地领会词作的含义；同时也体现了杨慎的学识渊博与博闻强记，由此也可以感觉到杨慎为振兴词学而作出的不懈努力！

四

　　品评词人词作是《词品》的重心所在。《词品》虽然没有严密的理论体系，但透过杨慎对众多词人词作的品评，品评者的词学观就相当明显地体现出来。杨慎《词品》对词学领域中的诸多问题发表了自己的看法，诸如词体风格、特性、用韵、用情、词品与人品、词作与社会政治、词选、创作等，其中词体风格论与词体主情说在词学史上有较大的影响。

　　其一，词体风格论。在词学史上，婉约是晚唐五代以来文人词的传统风格形态，而到北宋中期苏轼豪放词产生以后，人们往往用"豪放"一词评价苏词。但是整个宋代，词坛上的基本倾向是尊崇婉约词风。到了明代，与杨慎同时期的著名词学家张綖在《诗馀图谱凡例》后所附按语中第一次把词体风格分为婉约与豪放两种，并以婉约为正体，以豪放为非本色，尊崇婉约词风的意识非常明显。杨慎对词体风格的看法与时流颇异，他不仅欣赏婉约词，同时赞赏豪放词，表现出词体风格取向上的开放性。

　　杨慎对婉约词的评价与其词体起源论及诗学观相一致。他欣赏六朝诗的"风华情致"："大率六朝人诗，风华情致，若作长短句，即是词也。宋人长短句虽盛，而其下者，有曲诗、曲论之弊，终非词之本色。"杨氏亦如张綖用"本色"一词，在他心目中，六朝的"风华情致"，落在词上，就是"婉媚"、"绮丽"、"清新"、"流丽"、"蕴藉风流"、"富贵蕴藉"、"婉媚风流"，此就是本色。如评价中兴名相赵鼎词"小词婉媚，不减《花间》、《兰畹》"；评价贺方回《浣溪沙》词"句句绮丽，字字清新，当时赏之，以为《花间》、《兰畹》不及，信然"；评价陈克词"工致流丽"；评价刘镇《阮郎归》词"清丽可诵"。表现出对婉约词的倾心与赏爱。

　　同时，杨慎对豪放词亦很推崇，如评孙浩然《离亭宴》词"悲壮可传"；评张孝祥词"笔酣兴健"、"骏发蹈厉"；评张镃《贺新郎》词"非千钧笔力未易到此"，与辛弃疾《水龙吟》词相似；评岳珂《祝英台近》词"感慨忠愤，与辛幼安'千古江山'一词相伯仲"；评姚燧《醉高歌》词"不减东坡、稼轩"。杨慎最欣赏具有高尚人品的词人创作的带有"忠愤"之气的豪放词，他所推崇的豪放词如张元幹、张孝祥、张镃、辛弃疾、岳珂等词人的词作，皆是词品与人品的高度统一。由于杨慎忠而被贬，一生不得志，因此这些词人在词作中所表现出的忠愤之情与他的情感息息相通，特别容易引起他感情上的强烈共鸣。

杨慎这种开放的词体风格论对启迪人们正确认识豪放词人及其词作有一定的意义，虽然它的影响在明代中后期重婉约的词学环境中不太明显，但在明末，由于社会环境的巨大变化，词坛上刮起了一股稼轩风，词学家孟称舜、徐士俊突破婉约豪放的界限，对苏辛豪放词给以极大的肯定，与杨慎的词体风格论遥相呼应。杨慎可谓导夫先路者。

其二，词体主情说。词最初产生于舞宴歌席间，其文学特性就是抒发婉变之情，其功能就是娱宾遣兴。欧阳炯的《花间集叙》形象地描述了词体的特性及功能："有绮艳公子，绣幌佳人，递叶叶之花笺，文抽丽锦；举纤纤之玉指，拍按香檀。无不清绝之词，用助妖娆之态。"到了北宋，越来越多的文人进行填词写曲，词体创作引起了批评家的关注，人们试图用儒家诗教的去规范词体创作，使擅长抒发个体性情感的词体承担起表现文人社会性情感的责任，诗言志，词言情，成为人们强调词体特性的一般看法。词体是"言志"抑或"言情"这个问题一直到元末仍是词学家关注的热点问题。

明代立国，统治者强化思想文化统治，以程朱理学作为明王朝的统治思想，受此影响，明代前期词学家往往用儒家诗教评判词作，致使词体的"达情"特性有所丧失。明代中期随着心学的兴起，文人的个体情感得以张扬，倍受压抑的心灵得以舒展，词坛上"主情说"开始盛行，许多词学家也加入到词体"主情"特性的讨论中来。在诗学理论中倡言"诗缘情"的杨慎，认为诗歌"发诸性情，而协于律吕，非先协律吕，而后发性情"（《升庵集》卷三《李前渠诗引》），因而，在

《词品》中也有对"情"之论述。他在卷一谈及白乐天《花非花》词时说："因情生文者也。"在卷四评价冯伟寿"春风袅娜"一词时指出："殊有前宋秦、晁风艳，比之晚宋酸馅味、教督气不侔矣。"认为冯伟寿词风致绮艳，反映了词人的鲜活的个体情思，与晚宋词作中那些迂腐的充满儒家说教的作品不相类。在《拾遗》中肯定司马光的"艳辞"不伤"清介"，无损于司马公之高名。在卷三谈及韩琦和范仲淹两位"勋德重望"名公之词的言情特性时，充分肯定其情致缠绵的词作。杨慎一方面强调"人自情中生，焉能无情？"而人之情，可以像韩琦和范仲淹两位宋代名公一样在词中抒发之，反对禅家的绝欲、道家的忘情；另一方面又不忘宋儒圣贤之言："圣贤但云寡欲养心，约情合中而已。"抒情要有选择、有节制，不可放任自己的情感。从杨氏的论述中，我们可以明显地感觉到其心中"理"与"情"的矛盾，他其实还是要求词人在抒发人之情时应"发乎情，止乎礼"，应"乐而不淫，哀而不伤"，在一定程度上表现出儒家正统的诗教思想。但同时他又明确指出"情"之内涵，即"风月"、"花柳"与"歌舞"，即艳情："'天之风月，地之花柳，与人之歌舞，无此不成三才。'虽戏语，亦有理也。"杨慎认为人的情欲满足是合理的，在词中抒发艳情是无可厚非的。杨慎的"主情说"在一定程度上又抛弃了儒家"风教"、"诗道"对词体评价的价值取向，从文学自身的"言情"角度理解词体的特性，这种"主情说"显然符合词体创作的传统。在以张扬个体情感为先的社会环境里，人们忘却了杨慎"约情合中"诗教忠告，而放大了他对词体"言情"的要求。稍后，王世贞在《艺苑卮言》中大胆提出"词须宛转绵丽"，"作则宁为大雅罪人，勿儒冠而胡服"，是明代中后期"主情说"极端化的发展，期间，杨慎的"主情说"为明代中后期词坛上"主情说"的泛滥起了推波助澜的作用。

《词品》以采择宏富、"时有妙会"而著称。后人对其评价相当高，谢章铤在《赌棋山庄词话》中称《词品》"大体极有可观"，认为杨慎"于词更非门外道黑白"；并肯定其辑佚成就，指出《词品》中记载明词人方彦卿《鹊桥仙》词为王昶《明词综》所未录，而《词品》"录之以遗读明词者"。他对词调名的考证、对词作的校勘与辑佚，具有很高的文献价值；对词作中生僻意象的求源考释，有助于人们准确地鉴赏词作的意义；其词体起源论、词体风格论以及词体主情说在词学史上产生了很大的影响。《词品》是研究明代词学史以及中国词学史不可缺少的重要一环。但是，杨慎在撰写《词品》时，远谪瘴蛮之地，检书不便，致使《词品》出现了一定的讹误，如把张翥词误作吕圣求、张元幹、石孝友词，把周晴川词误作周邦彦词等，把蒋捷效辛弃疾《水龙吟》全押"些"字词误作效仿辛弃疾《醉翁操》词；再者，《词品》在引述或摘录前人词话时，多有不注原书出处的现象，如卷三有"木兰花慢"、"东坡贺新郎词"及卷六的"南涧词"全文照录元吴师道《吴礼部诗话》而不注出处，尤其是卷六与《拾遗》一卷，几乎是全部摘录元明人著述而不注出处；甚至不标明原作者，致使前人之品评之语与杨慎之评语混为一谈，如卷四"姜尧章"条，评姜夔词时，摘录黄昇《花庵词选》续集卷六语而不注出处，与下文己评混同，评高观国词亦然。在《词品》中，杨慎摘录他书内容，占原作的四分之一还强，从某种意义上来说，《词品》有集评的性质，开了清代集评类词话如《词苑丛谈》与《古今词话》之先河。即便如此，杨慎《词品》中所体现出的文献价值与理论价值在词学史上仍占有较重要的地位，正像近代词曲家吴梅所说："《词品》虽多偏驳，顾考核流别，研讨正变，确有为他家所不如者。"（《词学通论》）

【编者按：为了方便读者阅读，我们用红色小字夹注的形式，对原著中的人名字号和著作作了简单注释（仅限于每段首次出现）。而原文之夹注，则排以黑色小字，以示区别。】

序

杨 慎

诗词同工而异曲，共源而分派。在六朝，若陶弘景之《寒夜怨》，梁武帝之《江南弄》，陆琼之《饮酒乐》，隋炀帝之《望江南》，填词之体已具矣。若唐人之七言律，即填词之《瑞鹧鸪》也。七言律之仄韵，即填词之《玉楼春》也。若韦应物之《三台曲》、《调笑令》，刘禹锡之《竹枝词》、《浪淘沙》，新声迭出。孟蜀之《花间》，南唐之《兰畹》，则其体大备矣。岂非共源同工乎？然诗圣如杜子美_{杜甫}，而填词若太白_{李白}之《忆秦娥》、《菩萨蛮》者，集中绝无。宋人如秦少游_{秦观}、辛稼轩_{辛弃疾}，词极工矣，而诗殊不强人意。疑若独艺然者，岂非异曲分派之说乎？昔宋人选填词口《草堂诗馀》，其曰《草堂》者，太白诗名《草堂集》，见郑樵书目。太白本蜀人，而草堂在蜀，怀

1

故国之意也。曰诗馀者，《忆秦娥》、《菩萨鬘》二首为诗之馀，而百代词曲之祖也。今士林多传其书，而昧其名。故于余所著《词品》首著之云。

　　嘉靖辛亥仲春，洞天真逸升庵杨慎序。

目 录

词品卷二

词
品

4

词 品 卷 五

【目录】

词

品

【壹】陶弘景寒夜怨

陶弘景《寒夜怨》云："夜云生。夜鸿惊。凄切嘹唳伤夜情。"后世填词，《梅花引》格韵似之，后换头微异。

【贰】陆琼饮酒乐

陈陆琼《饮酒乐》云："蒲桃四时芳醇，琉璃千钟旧宾。夜饮舞迟销烛，朝醒弦促催人。春风秋月长好，欢醉日月言新。"唐人之《破阵乐》、《何满子》皆祖之。

【叁】梁武帝江南弄

梁武帝《江南弄》云："众花杂色满上林。舒芳耀彩垂轻阴。连手踆踆舞春心。舞春心。临岁胁。中人望，独踟蹰。"此词绝妙。填词起于唐人，而六朝已滥觞矣。其馀若《美人联锦》、《江南稚女》诸篇皆是。乐府具载，不尽录也。

[肆] 徐勉迎客送客曲

古者宴客有迎客、送客曲，亦犹祭祀有迎神、送神也。梁徐勉《迎客曲》云："丝管列，舞曲陈。含声未奏待嘉宾。罗丝管，陈舞席。敛袖嘿唇迎上客。"《送客曲》云："袖缤纷，声委咽。馀曲未终高驾别。爵无算，景已流。空纡长袖客不留。"徐勉在梁为贤臣。其为吏部日，宴客。酒酣，有求詹事者，勉曰："今宵且可谈风月。"其严正而又蕴藉如此。江左风流宰相，岂独谢安、王俭邪。

[伍] 僧法云三洲歌

梁僧法云《三洲歌》云："三洲。断江口，水从窈窕河傍流。啼将别共来，长相思。"又云："三洲。断江口，水从窈窕河傍流。欢将乐共来，长相思。"江左词人多风致，而僧亦如此，不独惠休之《碧云》也。

[陆] 隋炀帝词

隋炀帝《夜饮朝眠曲》云："忆睡时，待来

4

刚不来。卸妆仍索伴，解佩更相催。博山思结
梦，沉水未成灰。"其二云："忆起时，投签初报
晓。被惹香黛残，枕隐金钗袅。笑动林中鸟，除
却司晨鸟。"二词风致婉丽。其馀如《春江花月
夜》、《江都乐》、《纪辽东》，并载乐府。其《金
钗两股垂》、《龙舟五更转》，名存而辞亡。《铁围
山丛话》云："寒鸦飞数点，流水绕孤村。"乃炀
帝辞，而全篇不传。又传奇有炀帝《望江南》数
首，不类六朝人语，传疑可也。

[柒] 炀帝曲名
《玉女行觞》、《神仙留客》皆炀帝曲名。

[捌] 王褒高句丽曲
王褒《高句丽曲》云："萧萧易水生波。燕
赵佳人自多。倾杯覆碗漼漼，垂手奋袖娑娑。不
惜黄金散尽，惟畏白日蹉跎。"与陈陆琼《饮酒
乐》同调。盖疆场限隔，而声调元通也。王褒，
宇文周时人，字子深，非汉王褒也。是时亦有苏
子卿，有《梅花落》一首。方回贺铸遂以为汉之苏
武，何不考之过乎！

[玖] 穆护砂
乐府有《穆护砂》，隋朝曲也。与《水调》、

《河传》同时，皆隋开汴河时，词人所制劳歌也。其声犯角。其后至今讹“砂”为“煞”云。予尝有诗云："桃根桃叶最夭斜，《水调》《河传》《穆护砂》。无限江南新乐府，陈朝独赏《后庭花》。"

《回纥》，商调曲也。其辞云："阴山瀚海信难通，幽闺少妇罢裁缝。缅想边庭征战苦，谁能对镜冶愁容。久戍人将老，须臾变作白头翁。"其辞缠绵含蓄，有长歌之哀，过于痛哭之意。惜不见作者名氏，必陈隋初唐之作也。又有《石州辞》云："自从君去远巡边，终日罗帷独自眠。看花情转切，揽涕泪如泉。一自离君后，啼多双眼穿。何时狂虏灭，免得更留连？"并附于此。

沈约《六忆辞》，其一云："忆来时：灼灼上阶墀。勤勤叙离别，慊慊道相思。相看常不足，相见乃忘饥。"其二云："忆坐时：黯黯罗帐前。或歌四五曲，或弄两三弦。笑时应莫比，嗔时更可怜。"其三云："忆眠时：人眠强未眠。解罗不待劝，就枕更须牵。复恐傍人见，娇羞在烛前。"逸其三首。

[壹贰] 梁简文春情曲

梁简文帝《春情曲》云："蝶黄花紫燕相追，杨低柳合路尘飞。已见垂钩挂绿树，诚知淇水沾罗衣。两童夹车问不已，五马城头犹未归。莺啼春欲驶，无为空掩扉。"此诗似七言律，而末句又用五言。王无功_{王绩}亦有此体，又唐律之祖。而唐词《瑞鹧鸪》格韵似之。

[壹叁] 长相思

徐陵《长相思》云："长相思，好春节。梦里恒啼悲不泄。帐中起，窗前咽。柳絮飞还聚，游丝断复结。欲见洛阳花，如君陇头雪。"萧淳和之云："长相思，久离别。新燕参差条可结。狐关远，雁书绝。对云恒忆阵，看花复愁雪。犹有望归心，流黄未剪截。"二辞可谓劲敌。

[壹肆] 王筠楚妃吟

王筠《楚妃吟》，句法极异。其词云："窗中曙，花早飞。林中明，鸟早归。庭中日，暖春闺。香气亦霏霏。香气飘。当轩清唱调。独顾慕，含怨复含娇。蝶飞兰复熏。袅袅轻风入翠裙。春可游。歌声梁上浮。春游方有乐。沉沉下罗幕。"大率六朝人诗，风华情致，若作长短句，即是词也。宋人长短句虽盛，而其下者，有曲诗、曲论之弊，终非词之本色。予论填词必溯六朝，亦昔人穷探黄河源之意也。

[壹伍] 宋武帝丁都护歌

宋武帝《丁都护歌》云："都护北征时，侬亦恶闻许。愿作石尤风，四面断行旅。"又云："都护北征去，相送落星墟。帆樯如芒柽，都护今何渠。"唐人用"丁都护"及"石尤风"事，皆本此。二辞绝妙。宋武帝征伐武略，一代英雄，而复风致如此。其殆全才乎？

[壹陆] 白团扇歌

晋中书令王珉，与嫂婢谢芳姿有情爱，捉白团扇与之。乐府遂有《白团扇歌》云："白团扇，憔悴无复理，羞与郎相见。"其本辞云："犊车薄不乘，步行耀玉颜。逢侬都共语，起欲著夜半。"其二云："团扇薄不摇，窈窕摇蒲葵。相怜中道罢，定是阿谁非。"其三云："御路薄不行，窈窕穿回塘。团扇障白日，面作芙蓉光。"其四云："白锦薄不著，趣行著练衣。异色都言好，清白为谁施。""薄"，如《唐书》"薄天子不为"之"薄"。芳姿之才如此，而屈为人婢，信乎佳人薄命矣。元关汉卿尝见一从嫁媵婢，作一小令云："鬓鸦。脸霞。屈杀了，将陪嫁。规摹全似大人家。不在红娘下。巧笑迎人，文谈回话。真如解语花。若咱得他。倒了蒲桃架。"事亦相类而可笑，并附此。

【壹柒】五更转

陈伏知道《从军五更转》云："一更刁斗鸣，校尉逴连城。悬闻射雕骑，遥惮将军名。二更愁未央，高城寒夜长。试将弓学月，聊持剑比霜。三更夜警新，横吹独吟春。强听梅花落，误忆柳园人。四更星汉低，落月与山齐。依稀北风里，胡笳杂马嘶。五更催送筹，晓色映山头。城乌初起堞，更人悄下楼。"其后隋炀帝效之，作《龙舟五更转》，见《文中子》。

【壹捌】长孙无忌新曲

长孙无忌《新曲》云："家住朝歌下，早传名。结伴来游淇水上，旧时情。玉佩金钿随步动，云罗雾縠逐风轻。转目机心悬自许，何须更待听琴声。"又一曲云："回雪凌波游洛浦，遇陈王。婉约娉婷工语笑，侍兰房。芙蓉绮帐开还揜，翡翠珠被烂齐光。长愿今宵奉颜色，不爱闻箫逐凤凰。"

【壹玖】崔液踏歌行

唐崔液《踏歌辞》二首，体制藻思俱新。其辞云："彩女迎金屋，仙姬出画堂。鸳鸯裁锦袖，翡翠帖花黄。歌响舞行分艳色，动流光。"其二云："庭际花微落，楼前汉已横。金壶催夜尽，罗绣舞寒轻。调笑畅欢情未半，著天明。"近刻唐诗，不得其句读而妄改，特为分注之。

【贰〇】太白清平乐词

李太白应制《清平乐》词云："禁庭春昼。莺羽披新绣。百草巧求花下斗。只赌珠玑满斗。 日晚却理残妆。御前闲舞霓裳。谁道腰肢窈窕，折旋消得君王。"其二云："禁帏秋夜。明月探窗罅。玉帐鸳鸯喷兰麝。时落银灯香炧。 女伴莫话孤眠。六宫罗绮三千。一笑皆生百媚，宸游教在谁边。"此词见吕鹏《遏云集》，载四首。黄玉林以其二首无清逸气韵，止选二首。慎尝补作二首。其一云："君王未起。玉漏穿花底。永巷脱簪妆黛洗。衣湿露华似水。 六宫鸾凤鸳鸯。九重罗绮笙簧。但愿君恩似日，从教妾鬓如霜。"其二云："倾城艳质。本自神仙匹。二八承恩初选入，身是三千第一。 月明花落黄昏。人间天上消魂。且共题诗团扇，笑他买赋长门。"永昌张愈光见而深爱之，以为远不忘谏，归命不怨，填词中有风雅也。荒浅敢望前人，然亦不孤愈光之赏尔。

[贰壹] 白乐天花非花词

白乐天（白居易）之词，《望江南》三首在乐府，《长相思》二首见《花庵词选》。予独爱其《花非花》一首云："花非花，雾非雾。夜半来，天明去。来如春梦不多时，去似朝云无觅处。"盖其自度之曲，因情生文者也。"花非花，雾非雾。"虽《高唐》、《洛神》，奇丽不及也。张子野（张先）衍之为《御街行》，亦有出蓝之色，今附于此。"天非花艳轻非雾，夜半来，天明去。来如春梦不多时，去似朝云无觅处。乳鸡新燕，落月沉星，紞紞城头鼓。　参差渐辨西池树。朱阁斜欹户。绿苔深径少人行，苔上屐痕无数。残香馀粉，闲衾剩枕，天把多情付。"

[贰贰] 词名多取诗句

词名多取诗句，如《蝶恋花》则取梁元帝"翻阶蛱蝶恋花情"；《满庭芳》则取吴融"满庭芳草易黄昏"；《点绛唇》则取江淹"白雪凝琼貌，明珠点绛唇"；《鹧鸪天》则取郑嵎"春游鸡鹿塞，家在鹧鸪天"；《惜馀春》则取太白赋语；《浣溪沙》则取少陵诗意；《青玉案》则取《四愁诗》语；《菩萨蛮》，西域妇髻也；《苏幕遮》，西域妇帽也；《尉迟杯》，尉迟敬德饮酒必用大杯，故以名曲；兰陵王每入阵必先，故歌其勇；《生查子》，"查"，古"槎"字，张骞乘槎事也；《西江月》，卫万诗"只今惟有西江月，曾照吴王宫里人"之句也；《潇湘逢故人》，柳浑诗句也；《粉蝶儿》，毛泽民词"粉蝶儿共花同活"句也。馀可类推，不能悉载。

[贰叁] 踏莎行

韩翃诗："踏莎行草过春溪。"词名《踏莎行》本此。

[贰肆] 上江虹、红窗影

唐人小说《冥音录》，载曲名有《上江虹》，即《满江红》。《红窗影》，即《红窗迥》也。

[贰伍] 菩萨鬘、苏幕遮

西域诸国妇人，编发垂髻，饰以杂华，如中国塑佛像璎珞之饰，曰"菩萨鬘"，曲名取此。唐书吕元济上书，比见方邑，相率为浑脱队，骏马胡服，名曰"苏幕遮"，曲名亦取此。李太白诗"公孙大娘浑脱舞"，即此际之事也。

【贰陆】夜夜、昔昔

梁乐府《夜夜曲》，或名《昔昔盐》。"昔"即"夜"也。《列子》："昔昔梦为君。""盐"亦曲之别名。

【贰柒】阿亸回

太白诗"羌笛横吹阿亸回"，番曲名。张祜集有《阿滥堆》，即此也。番人无字，止以声传，故随中国所书，人各不同尔，难以意求也。

【贰捌】阿滥堆

张祜诗："红树萧萧阁半开，玉皇曾幸此宫来。至今风俗骊山下，村笛犹吹《阿滥堆》。"宋贺方回_{贺铸}长短句云："待月上潮平波滟，塞管孤吹新《阿滥》。"《中朝故事》云：骊山多飞鸟，名"阿滥堆"，明皇采其声为曲子。又作《鷃烂堆》。《酉阳杂俎》云："鷃烂堆黄，一变之鶃，色如鸳鸯。鶃转之后，乃至累变。横理转_{"转"字据《酉阳杂俎》补}。细，臆前渐渐微白。"

【贰玖】乌盐角

曲名有《乌盐角》，《江邻几杂志》云："始教坊家人市盐，得一曲谱于角子中。翻之，遂以名焉。"戴石屏有《乌盐角行》。元人《月泉吟社》

诗："山歌聒耳《乌盐角》，村酒柔情玉练捶。"

【叁〇】小梁州

贾逵曰：梁米出于蜀汉，香美逾于诸梁，号曰"竹根黄"，梁州得名以此。秦地之西，燉煌之间，亦产梁米。土沃类蜀，故号小梁州，为西音也。

【叁壹】六州歌头

《六州歌头》，本鼓吹曲也，音调悲壮。又以古兴亡事实之，闻之使人慷慨，良不与艳词同科，诚可喜也。《六州》得名，盖唐人西边之州：伊州、梁州、甘州、石州、渭州、氐州也。此词宋人大祀、大恤，皆用此调。国朝大恤，则用《应天长》云。伊、梁、甘、石，唐人乐府多有之。《胡渭州》见张祜诗。《氐州第一》见周美成周邦彦词。

【叁贰】法曲献仙音

《望江南》，即唐《法曲献仙音》也。但《法曲》凡三叠，《望江南》止两叠尔。白乐天白居易改《法曲》为《忆江南》。其词曰："江南好，风景旧曾谙。"二叠云："江南忆，最忆是杭州。"三叠云："江南忆，其次忆吴宫。"见乐府。南宋绍兴中，杭都酒肆中，有道人携乌衣椎髻女子，买斗酒独饮，女子歌以侑之。歌词非人世语。或记之，以问一道士。道士曰："此赤城韩夫人作《法驾导引》也。乌衣女子盖龙云。"其词曰："朝元路，朝元路，同驾玉华君。千乘载花红一色，人间遥指是祥云。回望海光新。"二叠云："东风起，东风起，海上百花摇。十八风鬟云半动，飞花和雨著轻绡。归路碧迢迢。"三叠云："帘漠漠，帘漠漠，天淡一帘秋。自洗玉舟斟白酒，月华微映是空舟。歌罢海西流。"此辞即《法曲》之腔。文士好奇，故神其事以传尔。岂有天仙而反取开元人间之腔乎？

【叁叁】小秦王

唐人绝句多作乐府歌，而七言绝句随名变腔。如《水调歌头》、《春莺转》、《胡渭州》、《小秦王》、《三台》、《清平调》、《阳关》、《雨淋铃》，皆是七言绝句而异其名，其腔调不可考矣。予爱《小秦王》三首。其一云："雁门山上雁初飞。马邑阑中马正肥。陌上朝来逢驿骑，殷勤南北送征衣。"其二云："柳条金嫩不胜鸦。青粉墙头道韫家。燕子不来春寂寞，小窗和雨梦梨花。"其三云："｜指纤纤玉笋红。雁行轻度翠弦中。分明自说长城苦，水阔云寒一夜风。"第一首妓女盛小丛作，后二首无名氏。

仄韵绝句，唐人以入乐府。唐人谓之《阿那曲》，宋人谓之《鸡叫子》。唐诗"春草萋萋春水绿，野棠开尽飘香玉。绣岭宫前鹤发翁，犹唱开元太平曲。"乃无名氏闻鬼仙之谣，非李洞作也。李洞诗集具在，诗体大与此不同，可验。女郎姚月华二首："春草萋萋春水绿，对此思君泪相续。羞将离恨附东风，理尽秦筝不成曲。"又云："与君形影分胡越，玉枕经年对离别。登台北望烟雨深，回身泣向寥天月。"宋张仲宗_{张元幹}词云："西楼月落鸡声急。夜浸疏香寒淅沥。玉人醉渴嚼春冰，晓色入帘横宝瑟。"张文潜_{张耒}《荷花》一首云："平池碧玉秋波莹。绿云拥扇青摇柄。水宫仙子斗红妆，轻步凌波踏明镜。"杜祁公_{杜衍}《咏雨中荷花》一首云："翠盖佳人临水立。檀粉不匀香汗湿。一阵风来碧浪翻，真珠零落难收拾。"三首皆佳。宋人作诗与唐远，而作词不愧唐人，亦不可晓。《太平广记》载妖女一词云："五原分袂真胡越。燕拆莺离芳草歇。年少烟花处处春，北邙空恨清秋月。"其词亦佳。坡_{苏轼}词"春事阑珊芳草歇"亦用其语。或疑"歇"字似趁韵，非也。唐刘瑶诗"瑶草歇芳心耿耿"，皆有出处，一字不苟如此。

16

阿那、纥那曲名

李郢《上元日寄湖杭二从事》诗曰："恋别山登忆水登，山光水焰百千层。谢公留赏山公唤，知入笙歌《阿那》朋。"刘禹锡夔州《竹枝词》云："楚水巴山小雨多。巴人能唱本乡歌。今朝北客思归去，回入《纥那》掩绿萝。""阿那"、"纥那"，皆当时曲名。李郢诗言变梵呗为艳歌，刘禹锡诗言翻南调为北曲也。"阿那"皆叶上声，"纥那"皆叶平声，此又随方音而转也。

【叁陆】醉公子

唐人《醉公子》词云："门外猧儿吠，知是萧郎至。刬袜下香阶，冤家今夜醉。　扶得入罗帏，不肯脱罗衣。醉则从他醉，还胜独睡时。"唐词多缘题所赋，《临江仙》则言水仙，《女冠子》则述道情，《河渎神》则咏祠庙，《巫山一段云》则状巫峡。如此词题曰《醉公子》，即咏公子醉也。尔后渐变，与题远矣。此词又名《四换头》，因其词意四换也。前辈谓此可以悟诗法。或以问韩子苍，子苍曰："只是转折多。且如刬袜下阶是一转矣，而苦其今夜醉又是一转。喜其入罗帏又是一转。不肯脱衣又是一转。后两句自开释，又是一转。其后制四换韵一调，亦名《醉公子》云。"今附录之，盖孟蜀顾敻辞也。"河汉秋云淡。红藕香侵槛。枕倚小山屏。金铺向晚扃。　睡起横波慢。独坐情何限。衰柳数声蝉。魂销似去年。"

[叁柒] 如梦令

唐庄宗词云："曾宴桃源深洞。一曲舞鸾歌凤。长记别伊时，和泪出门相送。如梦。如梦。残月落花烟重。"此庄宗自度曲也。乐府取词中"如梦"二字名曲，今误传为吕洞宾，非也。

[叁捌] 捣练子

李后主《捣练子》云："深院静，小庭空。断续寒砧断续风。无奈夜长人不寐，数声和月到帘栊。"词名《捣练子》，即咏捣练，乃唐词本体也。

[叁玖] 人月圆

宋驸马王晋卿《元宵词》云："小桃枝上春来早，初试薄 "薄" 字据《花庵词选》补。罗衣。年年此夜，华灯盛照，人月圆时。禁街箫鼓，寒轻夜永，纤手同携。更阑人静，千门笑语，声在帘帏。"此曲晋卿自制，名《人月圆》，即咏元宵，犹是唐人之意。

后庭宴

宋宣和中，掘地得石刻一词，唐人作也。本无题，后人名之曰《后庭宴》。其词云："千里故乡，十年华屋。乱魂飞过屏山簇。眼重眉褪不胜春，菱花知我销香玉。　双双燕子归来，应解笑人幽独。断歌零舞，遗恨清江曲。万树绿低迷，一庭红扑簌。"

【肆壹】朝天紫

朝天紫，本蜀牡丹花名，其色正紫，如金紫大夫之服色，故名。后人以为曲名。今以"紫"作"子"，非也，见陆游《牡丹谱》。

【肆贰】干荷叶

元太保刘秉忠《干荷叶》曲云："干荷叶，色苍苍。老柄风摇荡。减了清香，越添黄。都因昨夜一场霜。寂寞秋江上。"此秉忠自度曲，曲名《干荷叶》，即咏干荷叶，犹是唐词之意也。又一首"吊宋"云："南高峰。北高峰。惨淡烟霞洞。宋高宗，一场空。吴山依旧酒旗风。两度江南梦。"此借腔别咏，后世词例也。然其曲凄恻感慨，千古之寡和也。或云非秉忠作。秉忠助元凶宋，惟恐不早，而复为吊惜之辞，其俗所谓斧子斫了手摩挲之类也。

[肆叁] 乐曲名解

《古今乐录》云："伧歌以一句为一解，中国以一章为一解。"王僧虔启曰："古曰章，今曰解。解有多少，当是先诗而后声。诗叙事，声成文，必使志尽于诗，音尽于曲。是以作诗有丰约，制解有多少。"又："诸曲调，皆有词、有声。而大曲又有艳、有趋、有乱。词者，其歌诗也。声者，若羊吾、夷伊、那何之类也。艳在曲之前，趋与乱在曲之后，亦犹吴声西曲，前有和，后有送也。"慎按：艳在曲之前，与吴声之和，若今之引子。趋与乱在曲之后，与吴声之送，若今之尾声。羊吾、夷伊、那何，皆声之馀音袅袅，有声无字。虽借字作谱而无义。若今之哩啰、嗹唵、唵吽也。知此，可以读古乐府矣。

[肆肆] 鼓吹骑吹云吹

乐府有鼓吹曲，其昉于黄帝记里鼓之制乎。后世有《鼓吹》、《骑吹》、《云吹》之名。《建初录》云：列于殿廷者名《鼓吹》，列于行驾者名《骑吹》。又曰：《鼓吹》，陆则楼车，水则楼船。其在廷，则以簨虡为楼也。水行则谓之《云吹》。《朱鹭》、《临高台》诸篇，则《鼓吹曲》也。《务成》、《黄雀》，则《骑吹曲》也。《水调》、《河传》，则《云吹曲》也。宋之问诗："稍看朱鹭转，尚识紫骝骄。"此言《鼓吹》也。谢朓诗：
"鸣笳翼高盖，叠鼓送华辀。"此言《骑吹》也。
梁简文诗："广水浮云吹，江风引夜衣。"此言
《云吹》也。

【肆伍】唐词多无换头

张泌，南唐人，有《江城子》二阕。其一
云："碧阑干外小中庭。雨初晴。晓莺声。飞絮
落花，时节近清明。睡起卷帘无一事，匀面了，
没心情。"其二云："浣花溪上见卿卿。眼波明。
黛眉轻。高绾绿云，低簇小蜻蜓。好是问他得来
么？和笑道，莫多情。"黄叔旸_{黄昇}云："唐词多无
换头，如此词自是两首，故重押两"情"字、两
"明"字。今人不知，合为一首，则误矣。"

【肆陆】填词句参差不同

填词平仄及断句皆定数，而词人语意所到，
时有参差。如秦少游_{秦观}《水龙吟》前段歇拍句
云："红成阵，飞鸳甃。"换头落句云："念多情
但有当时皓月，照人依旧。"以词意言，"当时
皓月"作一句，"照人依旧"作一句。以词调拍
眼，"但有当时"作一拍，"皓月照"作一拍，
"人依旧"作一拍，为是也。维扬张世文云：陆
放翁_{陆游}《水龙吟》，首句本是六字，第二句本是七

21

字。若"摩诃池上追游客"则七字。下云"红绿参差春晚",却是六字。又如后篇《瑞鹤仙》,"冰轮桂花满溢"为句,以"满"字叶,而以"溢"字带在下句。别如二句分作三句、三句合作二句者尤多。然句法虽不同,而字数不少。妙在歌者上下纵横取协尔。古诗亦有此法。如王介甫王安石"一读亦使我,慨然想遗风"是也。

【肆柒】填词用韵宜谐俗

沈约之韵,未必悉合声律,而今诗人守之,如金科玉条。此无他,今之诗学李杜,李杜学六朝,往往用沈韵,故相袭不能革也。若作填词,自可通变。如"朋"字与"蒸"同押、"打"字与"等"同押、"卦"字"画"字与"怪""坏"同押,乃是鴃舌之病,岂可以为法耶?元人周德清著《中原音韵》,一以中原之音为正,伟矣。然予观宋人填词,亦已有开先者。盖真见在人心目,有不约而同者。俗见之胶固,岂能眯豪杰之目哉。试举数词于右。东坡苏轼《一斛珠》云:"洛城春晚。垂杨乱掩红楼半。小池轻浪纹如篆。烛下花前,曾醉离歌宴。　　自惜风流云雨散。关山有限情无限。待君重见寻芳伴。为说相思,目断西楼燕。""篆"字沈韵在上韵,本属鴃舌,坡特正之也。蒋捷"元夕"《女冠子》云:"蕙花香

22

也。雪晴池馆如画。春风飞到，宝钗楼上，一片笙箫，琉璃光射。而今灯谩挂。不是暗尘明月，那时元夜。况年来，心懒意怯，羞与闹蛾儿争要。　江城人悄初更打。问繁华谁解，再向天公借。剔残红炮，但梦里隐隐，钿车罗帕。吴笺银粉砑。"砑"字据《竹山词》补。待把旧家风景，写成闲话。笑绿鬟邻女，倚窗犹唱，夕阳西下。"是驳正沈韵"画"及"挂""话"及"打"字之谬也。吕圣求吕渭老《惜分钗》云："重帘下。微灯挂。背阑同说春风话。"用韵亦与蒋捷同意。晁叔用晁冲之《感皇恩》云："寒食不多时，牡丹初卖。小院重帘燕飞碍。昨宵风雨，尚有一分春在。今朝犹自得，阴晴快。　熟睡起来，宿酲微带。不惜罗襟揾眉黛。日长梳洗，看看花影移改。笑拈双杏子，连枝带。"此词连用数韵，酌古斟今尤妙。国初高季迪高启《石州慢》云："落了辛夷，风雨顿催，庭院潇洒。春来长恁，乐章懒按，酒筹慵把。辞莺谢燕，十年梦断青楼，情随柳絮犹萦惹。难觅旧知音，把琴心重写。　夭冶。忆曾携手，斗草阑边，买花帘下。看辘轳低转，秋千高打。如今何处，总有团扇轻衫，与谁共走章台马？回首暮山青，又离愁来也。"诸公数词可为用韵之式，不独绮语之工而已。

【肆捌】燕昭莺转

《禽经》："燕以狂昭，莺以喜转。"昭，视也。《夏小正》："来降燕乃睇。"《转》，曲名，莺声似歌曲，故曰"转"。

【肆玖】哀曼

晋钮滔母猛氏《箜篌赋》曰："乐操则寒条反荣，哀曼则晨华朝灭。""曼"与"慢"通，亦曲名，如《石州慢》、《声声慢》之类。

【伍〇】北曲

《南史》蔡仲熊曰："五音本在中土，故气韵调平。东南土气偏诐，故不能感动木石。"斯诚公言也。近世北曲，虽皆郑卫之音，然犹古者总章北里之韵，梨园教坊之调，是可证也。近日多尚海盐南曲，士夫禀心房之精，从婉娈之习者，风靡如一。甚者北土亦移而耽之。更数十年，北曲亦失传矣。白乐天白居易诗："吴越声邪无法用，莫教偷入管弦中。"东坡苏轼诗："好把鸾黄记宫样，莫教弦管作蛮声。"

【伍壹】欧苏词用选语

欧阳公欧阳修词"草薰风暖摇征辔"，乃用江淹《别赋》"闺中风暖，陌上草薰"之语也。苏公苏

_轼词"照野瀰瀰浅浪，横空暧暧微霄"，乃用陶渊明"山涤馀霭，宇暧微霄"之语也。填词虽于文为末，而非自选诗乐府来，亦不能入妙。李易安_{李清照}词"清露晨梳，新桐初引"，乃全用《世说》语。女流有此，在男子亦秦_{秦观}、周_{周邦彦}之流也。

【伍贰】**草薰**

　　佛经云："奇草芳花，能逆风闻薰。"江淹《别赋》："闺中风暖，陌上草薰。"正用佛经语。《六一词》_{欧阳修词集}云"草薰风暖摇征辔"，又用江淹语。今《草堂》词改"薰"作"芳"，盖未见《文选》者也。《弘明集》："地芝候月，天华逆风。"

【伍叁】**南云**

　　晏元献公_{晏殊}《清商怨》云："关河愁思望处满。渐素秋向晚。雁过南云，行人回泪眼。　双鸾衾裯悔展。夜又永，枕孤人远。梦未成归，梅花闻塞管。"此词误入欧公_{欧阳修}集中。按诗话：或问晏同叔_{晏殊}词"雁过南云"何所本，庚溪_{陈岩肖}以江淹_{当是江总}诗"心逐南云去，身随北雁来"答之。不知陆机《思亲赋》有"指南云以寄钦"之句。陆云《九愍》云："眷南云以兴悲。""南云"字当是用陆公语也。

【伍肆】词用晋帖语

"天气殊未佳，汝定成行否。寒食近，且住为佳尔。"此晋无名氏帖中语也。辛稼轩（辛弃疾）融化作《霜天晓角》词云："吴头楚尾，一棹人千里。休说旧愁新恨，长亭树，今如此。　宦游吾倦矣！玉人留我醉。明日落花寒食，得且住，为佳尔。"晋人语本入妙，而词又融化之如此，可谓珠璧相照矣。

【伍伍】屯云

中山王《文木赋》："奔雷屯云，薄雾浓雾。"皆形容木之文理也。杜诗"屯云对古城"，实用其字。李易安（李清照）"九日"词"薄雾浓雾愁永昼"，今俗本改"雾"作"雲"。

【伍陆】乐府用取月字

《子夜歌》"开窗取月光"，又"笼窗取凉风"，妙在"取"字。

【伍柒】齐己诗

僧齐己诗："重城不锁梦，每夜自归山。"宋人小词："金门不锁梦，随意绕天涯。"

【伍捌】欧词石诗

欧阳公欧阳修词："平芜尽处是春山，行人更在春山外。"石曼卿石延年诗："水尽天不尽，人在天尽头。"欧与石同时，且为文字友，其偶同乎？抑相取乎？

【伍玖】侧寒

吕圣求吕渭老《望海潮》词云："侧寒斜雨，微灯薄雾，匆匆过了元宵。帘影护风，盆池见日，青青柳叶柔条。碧草皱裙腰。正昼长烟暖，蜂困莺娇。望处凄迷，半篙绿水浸"浸"字据《圣求词》补斜桥。　　孙郎病酒无聊。记乌丝醉语，碧玉风标。新燕又双，兰心渐吐，佳期趁取花朝。心事转迢迢。但梦随人远，心与山遥。误了芳音，小窗斜日到芭蕉。"其用"侧寒"字甚新。唐诗："春寒侧侧掩重门。"韩偓诗："侧侧轻寒剪剪风。"又无名氏词："玉楼十二春寒侧。"与此"侧寒斜雨"相袭用之，不知所出。大意，"侧"，不正也，犹云峭寒尔。圣求在宋，人不甚著名，而词甚工。如《醉蓬莱》、《扑胡蝶近》、《惜分钗》、《薄倖》、《选冠子》、《百宜娇》、《豆叶黄》、《鼓笛慢》，佳处不减秦少游秦观。见予所集《词林万选》及《填词选格》。

【陆〇】闻笛词

南渡后，有题"闻笛"《玉楼春》词于杭京者。其词云："玉楼十二春寒侧。楼角暮寒吹玉笛。天津桥上旧曾听，三十六宫秋草碧。　昭华人去无消息。江上青山空晚色。一声落尽短亭花，无数行人归未得。"其词悲感凄恻，在陈去非陈与义"忆昔午桥"之上，而不知名。或以为张子野张先，非也。子野张先卒于南渡之前，何得云"三十六宫秋草碧"乎？

【陆壹】等身金

宋贾黄中，幼日聪悟过人。父取书与其身相等，令诵之，谓之"等身书"。张子野张先《归朝欢》词云："声转辘轳闻露井。晓汲银瓶牵素绠。西园人语夜来风，丛英飘坠红成径。宝猊烟未冷。莲台香烛残痕凝音佞。等身金，谁能得意，买此好光景。　粉落轻妆红玉莹。月枕横钗云坠领。有情无物不双栖，文禽只合长交颈。昼长欢岂定。争如翻做春宵永。日曈昽，娇柔懒起，帘押卷花影。"此词极工，全录之。不观贾黄中传，知"等身金"为何语乎？

【陆贰】关山一点

杜诗"关山同一点"，"点"字绝妙。东坡苏

28

_轼亦极爱之，作《洞仙歌》云"一点明月窥人"，用其语也。《赤壁赋》云"山高月小"，用其意也。今书坊本改"点"作"照"，语意索然。且"关山同一照"，小儿亦能之，何必杜公也。幸《草堂诗馀》注可证。

[陆叁] 杨柳索春饶

张小山_{张可久}《小桃红》词云："一汀烟柳索春饶。添得杨花闹。盼杀归舟木兰棹。水迢迢。画楼明月空相照。今番瘦了。多情知道。宽褪翠裙腰。""萋蒿穿雪动，杨柳索春饶。"山谷_{黄庭坚}诗也。此词用之。今刻本不知，改"饶"为"愁"，不惟无韵，且无味矣。

[陆肆] 秋尽江南叶未凋

贺方回_{贺铸}作《太平时》一词，衍杜牧之_{杜牧}诗也。其词云："秋尽江南叶未凋，晚云高。青山隐隐水迢迢。接亭皋。　二十四桥明月夜，弭兰桡。玉人何处教吹箫。可怜宵。"按此，则牧之本作"叶未凋"。今妄改作"草木凋"，与上下意不相接矣。幸有此可正其误。

[陆伍] 玉船风动酒鳞红

何晋之_{何大圭}《小重山》词云："绿树啼莺春

正浓。枝头青杏小，绿成丛。玉船风动酒鳞红。歌声咽，相见几时重。　　车马去匆匆。路遥芳草远，恨无穷。相思只在梦魂中。今宵月，偏照小楼东。"临邛高耻庵云"玉船风动酒鳞红"之句，譬如云锦月钩，造化之巧，非人琢也。此等句在天地间有限。

[陆陆] 泥人娇

俗谓柔言索物曰"泥"，乃计切，谚所谓软缠也。杜子美[杜牧]诗："忽忽穷愁泥杀人。"元微之[元稹]《忆内》诗："顾我无衣搜荩箧，泥他沽酒拔金钗。"杜牧之[杜牧]《登九华楼》诗："为郡异乡徒泥酒。"皇甫《非烟传》诗曰："郎心应似琴心怨，脉脉春情更泥谁。"杨乘诗："昼泥琴声夜泥书。"元邓文原《赠妓》诗："银灯影里泥人娇。"柳耆卿[柳永]词："泥欢邀宠最难禁。"字又作"詷"，《花间集》顾夐词："黄莺娇转詷芳妍。"又"记得詷人微敛黛"。字又作妮。王通叟[观]词："十三妮子绿窗中。"今山东人目婢曰"小妮子"，其语亦古矣。

[陆柒] 凝音佞

《诗》："肤如凝脂。""凝"音"佞"。唐诗："日照凝红香。"白乐天[白居易]诗："落絮无风凝不飞。"又："舞繁红袖凝，歌切翠眉愁。"又："舞急红腰凝，歌迟翠黛低。"徐幹臣 徐伸 词："重省，别时泪渍，罗巾犹凝。"张子野 张先 词："莲台香烛残痕凝。"高宾王词："想纯汀，水云愁凝。闲蕙帐，猿鹤悲吟。"柳耆卿 柳永 词："爱把歌喉当筵逞。遏天边，乱云愁凝。"今多作平音，失之。音律亦不协也。

[陆捌] 词人用黣字

"黣"，黑而有文也，字一作"靤"，于勿、于月二切。周处《风土记》："梅雨沾衣服，皆败黣。"此字文人罕用，惟《花间集》韦庄及毛熙震词中见之。韦庄《应天长》词云："别来半岁音书绝。一寸离肠千万结。难相见，易相别。又见玉楼花似雪。　暗想思，无处说。惆怅夜来烟月。想得此时情更切。泪沾红袖黣。"毛熙震《后庭花》词曰："莺啼燕语芳菲节。后庭花发。昔时欢宴歌声揭。管弦清越。　自从陵谷追游歇。画梁尘黣。伤心一片如珪月。闲锁宫阙。"此二词皆工，全录之。

【壹】真丹

王半山_{王安石}和俞秀老_{俞紫芝}《禅思》词曰：

"茫然不肯住林间。有处即追攀。将他死语图度，怎得离真丹。　浆水价，匹如闲。也须还。何如直截，踢倒军持，赢取沩山。"此词意劝秀老纯归于禅，住山不出游也。真丹，即震旦也。军持，取水瓶也，行脚之具。踢倒军持，劝其勿事行脚也。沩山和尚欲谋住山，曰："此山名骨山，和尚是肉人，骨肉不相离。"言人不当离山也。皆用佛书语。"浆水价"，"也须还"，则用《列子》五浆先馈事。

【贰】金荃

元好问诗："《金荃》怨曲《兰畹》辞。"

《金荃》，温飞卿温庭筠词名《金荃集》。荃即兰荪也，音筌。《兰畹》，唐人词曲集名，与《花间集》出入，而中有杜牧之词。

[叁] 鞋袜称两

高文惠高柔妻与夫书曰："今奉织成袜一量，愿着之，动与福并。""量"当作"两"，《诗》"葛屦五两"是也。无名氏《踏莎行》词末云："夜深着辆小鞋儿，靠着屏风立地。""辆"、"两"盖古今字也。小词用《毛诗》字，亦奇。

[肆] 麝月

蔡松年小词："银屏小语，私分麝月，春心一点。"麝月，茶名，麝言香，月言圆也。或说麝月是画眉香煤，亦通。但下不得"分"字。又党怀英"茶"词："红莎绿蒻春风饼。趁梅驿，来云岭。"金国明昌、大定时，文物已埒中国，而制茶之精如此。胡雏亦风味也。非见元宵灯以为妖星下地之日比也。

[伍] 檀色

画家七十二色，有檀色，浅赭所合，词所谓"檀画荔枝红"也。而妇女晕眉色似之。唐人诗词多用，试举其略。徐凝《宫中曲》云："檀妆惟约数条霞。"《花间词》云"背人匀檀注",又"钿昏檀粉泪纵横",又"臂留檀印齿痕香",又"斜分八字浅檀蛾"是也。又云"卓女烧春浓美,小檀霞",则言酒色似檀色。又云"檀画荔枝红,金蔓蜻蜓软",又"香檀细画侵桃脸",又"浅眉微敛注檀轻",又"何处恼佳人,檀痕衣上新",又"修蛾慢脸。不语檀心一点","歌声慢发开檀点","笑拈金靥",又"锦檀偏,翘鬓重,翠云欹",又"翠钿檀注助容光",又"粉檀珠泪和"。伊孟昌《黄蜀葵》诗:"檀点佳人喷异香。"杜衍《雨中荷花》诗:"檀粉不匀香汗湿。"则又指花色似檀色也。东坡_{苏轼}《梅》诗:"鲛绡剪碎玉簪轻,檀晕妆成雪月明。肯伴老人春一醉,悬知欲落更多情。"唐、宋妇女闺妆,面注檀痕,犹汉、魏妇女之注玄的也。嵇含《南方草木状》:"蒟缘子渍以蜂蜜,点以燕檀。"

[陆] 黄额

后周天元帝令宫人黄眉黑妆,其风流于后世。虞世基《咏袁宝儿》云:"学画鸦黄半未成。"此炀帝时事也,至唐犹然。骆宾王诗:"写月图黄罢,凌波拾翠通。"又卢照邻诗:"纤纤初月上鸦黄。""鸦黄粉白车中出。"王翰诗:"中有一人金作面。"裴庆馀诗:"满额蛾黄金缕衣。"温庭筠词："小山重叠金明灭。"又："蕊黄无限当山额。"又："扑蕊添黄子，呵花满翠鬟。"又："脸上金霞细，眉间翠钿深。"牛峤词："额黄侵腻发，臂钏透红纱。"张泌词："蕊黄香画帖金蝉。"宋陈去非《腊梅》诗："智琼额黄且勿夸。眼明见此风前葩。"智琼，晋代鱼山神女也。额黄事，不见所出，当时必有传记。而黄妆实自智琼始乎。今黄妆久废，汴蜀妓女以金箔飞额上，亦其遗意也。

[柒] 靥饰

《说文》："靥，颊辅也。"《洛神赋》："明眸善睐，靥辅承权。"自吴宫有獭髓补痕之事，唐韦固妻少时为盗刃所刺，以翠掩之，女妆遂有靥饰。其字二音，一音琰，一音叶。温飞卿 温庭筠 词："绣衫遮笑靥。烟草粘飞蝶。"此音叶。又云："粉心黄蕊花靥。黛眉山两点。"此音琰。《花间词》："浅笑含双靥。"又云："翠靥眉心小。"又："腻粉半粘金靥子，残香犹暖旧 《花间集》作"绣"。 熏笼。"又："一双笑靥嚬香蕊。"又："浓蛾淡靥不胜情。"又："笑靥嫩疑花拆，愁眉翠敛山横。"宋词："杏靥夭斜，梅钿轻薄。"又："小唇秀靥。团凤眉心倩郎贴。"则知此饰，五代、宋初为盛。

35

〔捌〕花翘

韦庄《诉衷情》词云:"碧沼红芳烟雨静,倚兰桡。重玉佩,交带袅纤腰。鸳梦隔星桥。迢迢。越罗香暗销。坠花翘。"按此词在成都作也。蜀之妓女,至今有花翘之饰,名曰"翘儿花"云。

〔玖〕眼重眉褪

唐词:"眼重眉褪不胜春。"李后主词:"多少泪,断脸复横颐。"元乐府:"眼馀眉剩。"皆祖唐词之语。

【词品】

〔壹〇〕角妓垂螺

张子野 张先《减字木兰花》云:"垂螺近额。走上红裀初趁拍。只恐惊飞。拟倩游丝惹住伊。　文鸳绣履。去似风流尘不起。舞彻《梁州》。头上宫花颤未休。"又晏小山 晏几道词云:"垂螺拂黛青楼女。"又云:"双螺未学同心绾,已占歌名。月白风清。长倚昭华笛里声。"又云:"红窗碧玉新名旧,犹绾双螺。一寸秋波。千斛明珠觉未多。"垂螺、双螺,盖当时角妓未破瓜时发饰之名。今秦中妓及搬演旦色,犹有此制。

〔壹壹〕银蒜

欧阳六一 欧阳修《仿玉台体》诗:"银蒜钩帘

宛地垂。"东坡_{苏轼}《哨遍》词："睡起画堂，银蒜押帘，"押帘"据《东坡乐府》补。珠幕云垂地。"蒋捷《白纻》词："早是东风作恶。旋安排，一双银蒜镇罗幕。"银蒜，盖铸银为蒜形，以押帘也。宋元亲王纳妃，公主下降，皆有银蒜帘押几百双。

〔壹贰〕闹装

京师闹装带，其名始于唐。白乐天_{白居易}诗："贵主冠浮动，亲王带闹装。"薛田诗："九苞绡就佳人髻，三闹装成子弟鞯。"词曲有"角带闹黄鞋"，今作"傲黄鞋"，非也。

〔壹叁〕椒图

元人乐府："户列八椒图。"又《贝琼未央瓦砚》歌："长杨昨夜西风早。锦缦椒图迹如扫。"竟不知椒图为何物。近阅陆文量_{陆容}《菽园杂记》云："博物志逸篇曰，龙生九子，不成龙，各有所好，鸱吻、蚣蝮之类也。椒图，其形似螺，性好闭，故立于门上，即诗人所谓金铺也。"司马温公_{司马光}《明妃曲》云："宫门金环双兽面。回首何时复来见。"梁简文_{萧纲}《乌栖曲》云："织成屏风金屈戌。"李贺诗："屈戌铜铺锁阿甄。"皆指此也。又按《尸子》云："法螺蚌而闭户。"《后汉书·礼仪志》："殷人以水德王，故以螺著门户。”则椒图之似螺形，其说信矣。

【壹肆】鞑靼

鞑靼，国名，古肃慎地也。其地产宝石，大如巨栗，中国谓之鞑靼。文与可文同《朱樱歌》云：“金衣珍禽弄深樾，禁籞朱樱斑若缬。上幸离宫促荐新，藤篮宝笼貂珰发。凝霜作丸珠尚软，油露成津蜜初割。君王午坐鼓猗兰，翡翠一盘红鞑靼。”葛鲁卿葛胜仲《西江月》词云：“鞑靼斜红带柳，琉璃涨绿平桥。人间花月正新妖，不数江南苏小。　恨寄飞花簌簌，情随流水迢迢。鲤鱼风送木兰桡。回棹荒鸡报晓。”二公诗词皆用鞑靼事，人罕知者，故详疏之。

【壹伍】秋千旗

陆放翁陆游诗云：“秋千旗下一春忙。”欧阳公欧阳修《渔家傲》云：“隔墙遥见秋千侣。绿索红旗双彩柱。”李元膺《鹧鸪天》云：“寂寞秋千两绣旗。”予尝命画工作《寒食士女图》，秋千架作两绣旗，人多骇之。盖未见三公之诗词也。

【壹陆】三弦所始

今之三弦，始于元时。小山晏幾道词云：“三弦玉指，双钩草字，题赠玉娥儿。”

[壹柒] 十二楼十三楼十四楼

《汉书》："五城十二楼，仙人居也。"诗家多用之。东坡_{苏轼}词："游人都上十三楼。不羡竹西歌吹古扬州。"用杜牧诗"婷婷袅袅十三馀"之句也。永乐中，晏振之《金陵春夕》词："花月春江十四楼。"人多不知其事。盖洪武中，建来宾、重译、清江、石城、鹤鸣、醉仙、乐民、集贤、讴歌、鼓腹、轻烟、淡粉、梅妍、柳翠十四楼于南京，以处官妓。盖时未禁缙绅用妓也。

[壹捌] 五代僭主能词

五代僭伪十国之主，蜀之王衍、孟昶，南唐之李璟、李煜，吴越之钱俶，皆能文，而小词尤工。如王衍之"月明如水浸宫殿"，元人用之为传奇曲子。孟昶之《洞仙歌》，东坡_{苏轼}极称之。钱俶"金凤欲飞遭掣搦。情脉脉。行即玉楼云雨隔"，为宋艺祖所赏，惜不见其全篇。

[壹玖] 花蕊夫人

花蕊夫人，宫词之外，尤工乐府。蜀亡，入汴。书葭萌驿壁云："初离蜀道心将碎，离恨绵绵。春日如年。马上时时闻杜鹃。"书未毕，为军骑催行。后人续之云："三千宫女皆花貌，妾最婵娟。此去朝天。只恐君王宠爱偏。"花蕊见宋祖，

犹作"更无一个是男儿"之诗，焉有随昶行而书
此败节之语乎？续之者不惟虚空架桥，而词之
鄙，亦狗尾续貂矣。

女郎王丽真，有词名《字字双》："床头锦
衾斑复斑。架上朱衣殷复殷。空庭明月闲复闲。
夜长路远山复山。"

【贰壹】李易安词

宋人中填词，李易安李清照亦称冠绝。使在衣
冠，当与秦七秦观、黄九黄庭坚争雄，不独雄于闺
阁也。其词名《漱玉集》，寻之未得。《声声慢》
一词，最为婉妙。其词云："寻寻觅觅，冷冷清
清，凄凄惨惨戚戚。乍暖还寒时候，最难将息。
三杯两盏淡酒，怎敌他、晚来风急。雁过也，
正伤心，却是旧时相识。　满地黄花堆积。憔悴
损，如今有谁堪摘。守着窗儿，独自怎生得黑。
梧桐更兼细雨，到黄昏，点点滴滴。这次第，怎
一个愁字了得。"荃翁张端义《贵耳集》云：此
词首下十四个叠字，乃公孙大娘舞剑手。本朝非
无能词之士，未曾有下十四个叠字者。乃用《文
选》诸赋格。"守着窗儿，独自怎生得黑。"此
"黑"字不许第二人押。又"梧桐更兼细雨，到

40

黄昏点点滴滴",四叠字又无斧痕,妇人中有此,
殆间气也。晚年自南渡后,怀京洛旧事,赋"元
宵"《永遇乐》词云:"落日镕金,暮云合璧。"
已自工致。至于"染柳烟轻,吹梅笛怨,春意知
几许",气象更好。后叠云:"于今憔悴,风鬟霜
鬓,怕见夜间出去。"皆以寻常言语,度入音律。
炼句精巧则易,平淡入妙者难。山谷^{黄庭坚}所谓以
故为新,以俗为雅者,易安^{李清照}先得之矣。

[贰贰] 辛稼轩用李易安词语

辛稼轩^{辛弃疾}词"泛菊杯深,吹梅角暖",盖用
易安^{李清照}"染柳烟轻,吹梅笛怨"也。然稼轩改
数字更工,不妨袭用。不然,岂盗狐白裘手邪?

[贰叁] 朱淑真元夕词

朱淑真"元夕"《生查子》云:"去年元夜
时,花市灯如昼。月上柳梢头,人约黄昏后。 今
年元夜时,月与灯依旧。不见去年人,泪湿春衫
袖。"词则佳矣,岂良人家妇所宜邪?又其《元
夕》诗云:"火树银花触目红,极天歌吹暖春
风。新欢入手愁忙里,旧事经心忆梦中。但愿暂
成人缱绻,不妨长任月朦胧。赏灯那得工夫醉,未
必明年此会同。"与其词意相合,则其行可知矣。

词品卷二

［贰肆］钟离权

仙家称钟离先生者，唐人钟离权也，与吕岩
同时。韩涧泉选《唐诗绝句》，卷末有钟离一首，
可证也。近世俗人称汉钟离，盖因杜子美《元
日》诗有"近闻韦氏妹，远在汉钟离"。流传之
误，遂傅会以钟离权为汉将钟离昧矣，可发一笑
也。说神仙者，大率多欺世诳愚。如世传《沁园
春》及《解红》二词为吕洞宾作。按《沁园春》
词，宋驸马王晋卿初制此腔。解红儿则五代和凝
歌童，凝为制《解红》一曲。初止五句，见陈氏
《乐书》。后乃衍为《解红儿慢》。岂有吕洞宾在
唐，预知其腔，而填为此曲乎？元俞琰又注《沁
园春》，琰虽博学，亦惑于长生之说，而随俗尔。
琰子仲温序其父《阴符经》云："先君七十而
逝。"由此言之，琰之笃意养生，寿止于此。世有
村夫，目不识《参同契》一字，而年逾百岁，又
何必劳心于不可知之术哉？达人君子，可以意悟。

［贰伍］解红

曲名有《解红》者，今俗传为吕洞宾作，见
《物外清音》，其名未晓。近阅和凝集，有《解
红歌》云："百戏罢，五音清。《解红》一曲新
教成。两个瑶池小仙子，此时夺却柘枝名。"
《乐书》云："儿童《解红》舞：衣紫绯绣襦、银

带、花凤冠。”盖五代时人也。焉有吕洞宾在唐世预填此腔邪?

【贰陆】白玉蟾武昌怀古

白玉蟾^{葛长庚}"武昌怀古"词云:"汉江北泻,下长淮、洗尽胸中今古。楼橹横波征雁远,谁见鱼龙夜舞。鹦鹉洲云,凤皇池月,付与沙头鹭。功名何处,年年惟见春絮。　非不豪似周瑜,壮如黄祖,亦随秋风度。野草闲花无限数。渺在西山南浦。黄鹤楼人,赤乌年事,江汉庭前路。浮萍无据,水天几度朝暮。"此调雄壮,有意效坡仙^{苏轼}乎? 词名《念奴娇》,因坡公词尾三字,遂名《酹江月》。又恰百字,又名《百字令》。玉蟾词,他如"一叶飞何处,天地起西风。鳞鳞波上烟寒,水冷剪丹枫",皆佳句。"咏燕子"有"秋千节后初相见,袯禊人归有所思",亦有思致,不愧词人云。

【贰柒】丘长春梨花词

丘长春"咏梨花"《无俗念》云:"春游浩荡,是年年寒食,梨花时节。白锦无纹香烂熳,玉树琼葩堆雪。静夜沉沉,浮光霭霭,冷浸溶溶月。人间天上,烂银霞照通彻。　浑似姑射真人,天姿灵秀,意气殊高洁。万蕊参差,谁信道，不与群芳同列。浩气清英，仙材卓荦，下土难分别。瑶台归去，洞天方看清绝。”长春，世之所谓仙人也，而词之清拔如此。予尝问好事者曰：神仙惜气养真，何故读书史作诗词？答曰：天上无不识字神仙。予因语吾党曰：天上无不识字神仙，世间宁有不读书道学耶？今之讲道者，束书不看，号曰忘言观妙，岂不反为异端所笑耶！

【贰捌】鬼仙词

“晓星明灭。白露点，秋风落叶。故址颓垣，冷烟衰草，前朝宫阙。　长安道上行客。依旧名深利切。改变容颜，销磨今古，陇头残月。”此《五代新说》载鬼仙词也。非太白李白、长吉李贺之流，岂能及此？

【贰玖】郝仙女庙词

博陵县有郝仙女庙。仙女，魏青龙中人。年及笄，姿色姝丽。采蘋水中，苍烟白雾，俄失所在。其母哀求水滨，愿言一见。良久，异香袭人，隐约于波渚间。曰：“儿以灵契，托迹绡宫，阴主是水府。世缘已断，毋用悲悒。而今而后，使乡社田蚕岁宜。有感而通，乃为吾验。”后人立庙焉。后有题《喜迁莺》词于壁云：“汀洲蘋满。记翠笼采采，相将邻媛。苍渚烟生，金支光烂，人在雾绡鲛馆。小鬟顿成云散。罗袜凌波，不见翠鸾远。但清溪如镜，野花留靥。　情眕。惊变现。身后神功，缘就吴蚕茧。汉女菱歌，湘妃瑶瑟，春动倚云层殿。彤车载花一色，醉尽碧桃清宴。故山晚。叹流年一笑，人间飞电。"

[叁〇] 鹊桥仙三词

《齐东野语》载鸾箕《鹊桥仙》词"咏七夕"，以"八""煞"为韵。其词曰："鸾舆初驾，牛车齐发。听隐隐、鹊桥伊轧。尤云殢雨正欢浓，但只怕、来朝初八。　霞垂彩幔，月明银蜡。更馥郁、香焚金鸭。年年此际一相逢，未审是、甚时结煞。"方秋崖"除夜小尽生日"词曰："今朝二十九，明朝初一。怎欠个，秋崖生日。客中情绪老天知，道这月不消三十。　春盘缕翠，春缸摇碧。便泥做、梅花消息。雪边试问是耶非，笑 ^{"笑"据《秋崖词》补。}今夕不知何夕。"近时东莞方彦卿^俊，正月六日于俞君玉席上擘糟蟹荐酒，寿其友人黄瑜，亦依此调。其词云："草头八足，一团大腹。持螯笑向俞君玉。花灯预赏为先生，生日是新正初六。　今宵过了，七人八谷。又七日，天官赐福。福如东海寿如山，愿岁岁春盘盈绿。"瑜字廷美，香山人。其孙才伯^佐，与予同官，尝为予诵之。

[叁壹] 衲子填词

　　唐宋衲子诗尽有佳句，而填词可传者仅数首。其一，报恩和尚《渔家傲》云："此事楞严尝布露。梅花雪月交光处。一笑寥寥空万古。风瓯语。迥然银汉横天宇。　蝶梦南华方栩栩。斑斑谁跨丰干虎？而今忘却来时路。江山暮。天涯目送飞鸿去。"其二，寿涯禅师"咏鱼篮观音"云："深愿宏慈无缝罅。乘时走入众生界。窈窕丰姿都没赛。提鱼卖。堪笑马郎来纳败。　清冷露湿金襕坏。茜裙不把珠璎盖。特地掀来呈捏怪。牵人爱。还尽几多菩萨债。"

[叁贰] 菩萨蛮

　　"牡丹带露真珠颗。佳人折向庭前过。含笑问檀郎。花强妾貌强？　檀郎故相恼。只道花枝好。一向发娇嗔。碎挼花打人。"此词无名氏，唐宣宗尝称之，盖又在《花间》之先也。

[叁叁] 徐昌图

　　徐昌图，唐人。"冬景"《木兰花》一词，缛丽可爱。今入《草堂》之选，然莫知其为唐人也。

[叁肆] 小重山

　　韦庄《小重山》前段，今本"罗衣湿"下，

遗"新揾旧啼痕"五字。

【叁伍】牛峤

　　牛峤，蜀之成都人，为孟蜀学士。其《酒泉子》云："紫陌青门，三十六宫春色。御沟辇路暗相通。杏园风。　　咸阳沽酒宝钗空。笑指未央归去，插花走马落残红。月明中。"《杨柳枝》词数首尤工，见《乐府诗集》。

【叁陆】日蓦

　　《南史》王晞诗："日蓦当归去，鱼鸟见留连。"俗本改"蓦"为"暮"，浅矣。孟蜀牛峤词"日蓦天空波浪急"，正用晞语。

【叁柒】孙光宪

　　孙光宪，蜀之资州人。事荆南高氏，为从事，有文学名，著《北梦琐言》。其词见《花间集》。"一庭疏雨湿春愁"，秀句也。

【叁捌】李珣

　　李珣，蜀之梓州人。事王宗衍。《浣溪沙》词有"早为不逢巫峡伥，那堪虚度锦江春"之句。词名《琼瑶集》。其妹事王衍，为昭仪，亦有词藻。有"鸳鸯瓦上忽然声"词一首，误入《花蕊夫人集》。盖一百一首本羡此首也。

【叁玖】毛文锡

毛文锡、鹿虔扆、欧阳炯、韩琮、阎选皆蜀人，事孟后主，有"五鬼"之号。俱工小词，并见《花间集》。此集久不传。正德初，予得之于昭觉僧寺，乃孟氏宣华宫故址也。后传刻于南方云。

【肆〇】潘祐

潘祐，南唐人。事后主，与徐铉、汤悦、张泌俱有文名。而祐好直谏。尝应后主令作小词，有："楼上春寒山四面。桃李不须夸烂熳。已失了东风一半。"盖讽其地渐侵削也。可谓得讽谕之旨。

【肆壹】卢绛

卢绛，南唐人。梦一人歌《菩萨蛮》云："玉京人去秋萧索。画檐鹊起梧桐落。欹枕悄无言。月和清梦圆。　背灯惟暗泣。甚处砧声急？眉黛小山攒。芭蕉生暮寒。"其名不著，词颇清润，特录之。

【肆贰】花深深

《草堂词》"花深深"，按《玉林词选》，乃李婴之作。今以为孙夫人，非也。

【肆叁】坊曲

唐制：妓女所居曰坊曲。《北里志》有南曲、北曲，如今之南院、北院也。宋陈敬叟^{陈以庄}词："窈窕青门紫曲。"周美成^{周邦彦}词："小曲幽坊月暗。"又："愔愔坊曲人家。"近刻《草堂诗馀》，改作"坊陌"，非也。谢皋羽^{谢翱}《天地间集》载孟鲠《南京》诗云："愔愔坊曲傍深春，活活河流过雨浑。花鸟几时充贡赋，牛羊今日上丘原。犹传柳七工词翰，不见朱三有子孙。我亦前生梁楚士，独持心事过夷门。"

【肆肆】檐花

杜^{杜甫}诗"灯前细雨檐花落"，注谓檐下之花，恐非。盖谓檐前雨映灯花如花尔。后人不知，或改作"檐前细雨灯花落"，则直致无味矣。宋人小词多用"檐花"字，周美成^{周邦彦}云："浮萍破处，檐花檐影颠倒。"又云："檐花红雨照方塘。"多不悉记。

【肆伍】十六字令

周美成^{周邦彦}《十六字令》云："眠。月影穿窗白玉钱。无人弄，移过枕函边。"词简思深，佳

49

［词品卷二］

词也。其《片玉集》中不载，见《天机馀锦》。

案，此周晴川词，见《花草粹编》卷一。

[肆陆] 应天长

周美成 周邦彦 "寒食"《应天长》词："条风布暖，霏雾弄晴，池塘遍满春色。正是夜堂无月，沉沉暗寒食。"今本遗"条风"至"正是"二十字。

[肆柒] 过秦楼

周美成 周邦彦《过秦楼》首句是"水浴清蟾"，今刻本误作"凉浴"。

[肆捌] 李冠词

《草堂诗馀》"朦胧淡月云来去"，齐人李冠之词。今传其词，而隐其名矣。冠又有《六州歌头》道刘项事，慷慨悲壮，今亦不传。

[肆玖] 鱼游春水

尾句："云山万重，寸心千里。"今刻误作"云山万里"，以前段"莺转上林""林"字平声例之可知。又注引李 李白 诗"云山万重隔"，为"重"字无疑。

【伍〇】春霁秋霁

《草堂词选》《春霁》、《秋霁》二首相连，皆胡浩然作也。格韵如一，尾句皆是"有谁知得"，而不知何等妄人，于《秋霁》下添入陈后主名。不知六朝焉有如此等慢调？况其中有"孤鹜"、"落霞"语，乃袭用王勃之《序》。陈后主岂能预知勃文而倒用之邪？

【伍壹】岸草平沙

《草堂》词《柳梢青》"岸草平沙"一首，僧仲殊作也。今刻本往往失其名，故特著之。宋人小词，僧徒惟二人最佳：觉范之作类山谷，仲殊之作似《花间》。祖可、如晦俱不及也。

【伍贰】周晋仙浪淘沙

周晋仙，名文璞，宋淳熙间人。其字曰晋仙者，因名璞，义取郭璞，故曰晋仙也。能诗词，好奇怪。有《灌口二郎歌》，为时所称，以为不减李贺。又《题钟山》云："往在秦淮问六朝，江头只有女吹箫。昭阳太极无行路，几岁鹅黄上柳条。"尝云：《花间集》只有五字佳，"丝雨湿流光"，语意俱微妙。又有"题酒家壁"《浪淘沙》一词云："还了酒家钱。便好安眠。大槐宫里着貂蝉。行到江南知是梦，雪压渔船。　磐薄古梅

51

边。也是前缘。鹅黄雪白又醒然。一事最奇君记取，明日新年。"其词飘逸似方外尘表。又因字晋仙，相传以为仙也，误矣。晋有徐仙民，唐有牛仙客、王仙芝，岂仙乎？甚矣，人之好奇而不察也。然观此则世之所传仙迹，不几类是哉！

【伍叁】闲适之词

宋傅公谋傅大询《水调歌头》曰："草草三间屋，爱竹旋添栽。碧纱窗户，眼前都是翠云堆。一月山翁高卧，踏雪水村清冷，木落远山开。惟有平安竹，留得伴寒梅。　唤家童，开门看，有谁来？客来一笑清话，煮茗更传杯。有酒只愁无客，有客又愁无月，月下且徘徊。明日人间事，天自有安排。"黄玉林黄叔旸《酹江月》云："吾庐何有？有一湾莲荡，数间茅宇。断堑疏篱聊补葺，那得粉墙朱户。禾黍西风，鸡豚晓日，活脱田家趣。客来茶罢，自挑野菜同煮。　多少甲第连云，十眉环座，人醉黄金坞。回首邯郸春梦破，零落珠歌翠舞。得似衰翁，萧然陋巷，长作溪山主。紫芝可采，更寻岩谷深处。"又刘静修刘因《风中柳》云："我本渔樵，不是白驹过谷。对西山、悠然自足。北窗疏竹。南窗丛菊。爱村居、数间茅屋。　风烟草屦，满意一川平绿。问前溪、今朝酒熟。幽泉歌曲。清泉琴筑。欲归来、故人留宿。"并吕居仁_{吕本中}"东里先生家何在"四词，每独行吟歌之，不惟有隐士出尘之想，兼如仙客御风之游矣。昔人谓"诗情不似曲情多"，信然。

【伍肆】骊山词

昔于临潼骊山之温汤，见石刻元人一词_{此词乃金人词}曰："三郎年少客，风流梦、绣岭盅瑶环。渐浴酒发春，海棠睡暖；笑波生媚，荔子浆寒。况此际、曲江人不见，偃月事无端。羯鼓三声，打开蜀道；《霓裳》一曲，舞破潼关。　马嵬西去路，愁来无会处，但泪满关山。空有香囊遗恨，锦袜传看。玉笛声沉，楼头月下，金钗信杳，天上人间。几度秋风渭水，落叶长安。"再过之，石已磨为别刻矣。

【伍伍】石次仲西湖词

石次仲_{石孝友}"西湖"《多丽》一曲云："晚山青。一川云树冥冥。正参差烟凝紫翠，斜阳画出南屏。馆娃归、吴台游鹿，铜仙去、汉苑飞萤。怀古情多，凭高望极，且将樽酒慰飘零。自湖上、爱梅仙远，鹤梦几时醒？空留在、六桥疏柳，孤屿危亭。　待苏堤、歌声散尽，更须携妓西泠。藕花深、雨凉翡翠，菰蒲软、风弄蜻蜓。澄碧生秋，闹红驻景，采菱新唱最堪听。一片水天无际，渔火两三星。多情月，为人留照，未过前汀。"此词当是张翥作。次仲词在宋未著名，而清奇宕丽如此。宋之填词为一代独艺，亦犹晋之字、唐之诗，不必名家而皆奇也。然奇而不传者何限，而传者未必皆奇。如唐之胡曾，宋之杜默，识者知笑之，而不能靳其传。盖亦有幸不幸乎。

【伍陆】梅词

吕圣求吕渭老《东风第一枝》词云："老树浑苔，横枝未叶，青春肯误芳约。背阴未返冰魂，阳梢已含红尊。佳人寒怯，谁惊起晓来梳掠。是月斜窗外栖禽，霜冷竹间幽鹤。　　云淡淡，粉痕渐薄。风细细、冻香又落。叩门喜伴金樽，倚阑怕听画角。依稀梦里，半面浅窥珠箔。甚时重写鸾笺，去访旧游东阁。"此词当是张翥作。古今梅词，以坡仙苏轼"绿毛幺凤"为第一，此亦在魁选矣。

【伍柒】折红梅

宋人《折红梅》词云："喜轻澌初绽，微和渐入，郊原时节。春消息、夜来陡觉，红梅数枝争发。玉溪珍馆，不似个、寻常标格。化工别与，一种风情，似匀点胭脂，染成香雪。　　重吟细阅。比繁杏夭桃，品流终别。可惜彩云易散，冷落谢池风月。凭谁向说，三弄处、龙吟休咽。

大家留取倚阑干，闻有花堪折，劝君须折。"此词见《杜安世集》。《中吴记闻》又作吴应之，未知孰是？

【伍捌】洪觉范梅词

洪觉范^{释惠洪}"咏梅"《点绛唇》词云："流水泠泠，断桥斜路梅枝亚。雪花飞下，浑似江南画。　白璧青钱，欲买春无价。春归也。风吹平野。一点香随马。"梅词如此清俊，亦仅有者，惜未入《草堂》之选。

【伍玖】曹元宠梅词

曹元宠^{曹组}"梅"词："竹外一枝斜，想佳人天寒日暮。"用东坡^{苏轼}"竹外一枝斜更好"之句也。徽宗时禁苏学，元宠又近幸之臣，而暗用苏句，其所谓掩耳盗铃者。噫！奸臣丑正恶直，徒为劳尔。

【陆〇】李汉老

李汉老，名邴，号云龛居士。父昭玘，元祐名士，东坡^{苏轼}门生。汉老才学，世其家者也。其《汉宫春·梅》词入选最佳。曹元宠"梅"词："竹外一枝斜，想佳人天寒日暮。黄昏院落，无处着清香，风细细，雪融融，何况江头路。"甚工，而结句落韵殊不强人意。曹盖富于才而贫于学也。汉老《咏美人写字》云："云情散乱未成篇，花骨欹斜终带软。"亦新美可喜。

【陆壹】蒋捷一剪梅

蒋捷《一剪梅》词云："一片春愁带酒浇。江上舟摇。楼上帘招。秋娘容与泰娘娇。风又飘飘。雨又潇潇。 何日云帆卸浦桥。银字筝调。心字香烧。流光容易把人抛。红了樱桃。绿了芭蕉。"

【陆贰】心字香

词家多用"心字香"，蒋捷词云："银字筝调。心字香烧。"张于湖 张孝祥 词："心字夜香清。"晏小山 晏几道 词："记得年时初见，两重心字罗衣。"范石湖 范成大《骖鸾录》云："番禺人作心字香，用素馨茉莉半开者，着净器中。以沉香薄劈，层层相间，密封之。日一易，不待花蔫。花过香成。"所谓心字香者，以香末萦篆成心字也。心字罗衣，则谓心字香熏之尔。或谓女人衣曲领如心字，又与此别。

【陆叁】招落梅魂

蒋捷有"效稼轩 辛弃疾 体招落梅魂"《水龙

吟》一首云："醉兮琼瀣浮觞些。招兮遣巫阳些。君勿去此，飓风将起，天微黄些。野马尘埃，污君楚楚，白霓裳些。驾空兮云浪，茫洋东下，流君往他方些。　月满兮方塘些。叫云兮笛凄凉些。归来兮为我，重倚蛟背，寒鳞苍些。俯视春红，浩然一笑，吐出香些。翠禽兮弄晚，招君未至，我心伤些。"其词幽秀古艳，迥出纤冶秾华之外，可爱也。稼轩之词曰《醉翁操》，并录于此："长松。之风。如公。肯予从。山中。人心与吾兮谁同。湛湛后一"湛"字，据《稼轩长短句》补。千里之江，上有枫。噫！送子东。望君之门兮九重。女无悦己，谁适为容。　不龟手药，或一朝兮取封。昔与游兮皆童。我独穷兮今翁。一鱼兮一龙。劳心兮冲冲。噫！命与时逢。子取之兮食万钟。"小词中《离骚》，仅见此二首也。蒋捷词乃效稼轩《水龙吟》押"些"字，并非效其《醉翁操》。

【陆肆】柳枝词

唐人《柳枝词》，刘禹锡、白乐天白居易而下凡数十首。予独爱无名氏云："万里长江一带开。岸边杨柳是谁栽。锦帆落尽西风起，惆怅龙舟更不回。"此词咏史、咏物，两极其妙。首句见隋开汴通江。次句"是谁栽"三字作问词，尤含蓄。不言炀帝，而讥吊之意在其中。末二句俯仰今古，悲感溢于言外。若情致则"清江一曲柳千条。十五年前旧板桥。曾与情人桥上别，更无消息到今朝"此词小说以为刘采春女周德华之作；又云刘禹锡。然刘集中不载也。《柳词》当以二首为冠。

[陆伍] 竹枝词

元杨廉夫《竹枝词》，一时和者五十馀人，诗百十馀首。予独爱徐延徽一首云："尽说卢家好莫愁，不知天上有牵牛。剩抛万斛燕脂水，泻向银河一色秋。"

[陆陆] 莲词第一

欧阳公 欧阳修 "咏莲花"《渔家傲》云："叶重如将青玉亚。花轻疑是红绡挂。颜色清新香脱洒。堪长价。牡丹怎得称王者。 雨笔露笺吟彩画。日垆风炭熏兰麝。天与多情丝一把。谁厮惹。千条万缕萦心下。"又云："楚国纤腰元自瘦。文君腻脸谁描就。日夜鼓声催箭漏。昏复昼。红颜岂得长如旧。 醉折嫩房红蕊嗅。天丝不断清香透。却倚小阑凝望久。风满袖。西池月上人归后。"前首工致，后首情思两极，古今莲词第一也。

词品卷三

【壹】苏易简

苏易简，梓州人，宋太宗朝状元。所著有文集及《文房四谱》行于世。宋世蜀之大魁，自苏始。其后阆州三人，简州四人，夔州一人，终宋三百年得十六人，而陈氏、许氏皆兄弟，可谓盛矣。苏之词，惟《越江吟》应制一首，见予所选《百琲明珠》。

【贰】韩范二公词

韩魏公^{韩琦}《点绛唇》词云："病起恹恹，对庭前花树添憔悴。乱红飘砌，滴尽真珠泪。　惆怅前春，谁向花前醉。愁无际。武陵凝睇，人远波空翠。"范文正公^{范仲淹}《御街行》云："纷纷坠叶飘香砌。夜寂静，寒声碎。珍珠帘卷玉楼空，天淡银河垂地。年年今夜，月华如练，长是人千里。　　愁肠已断无由醉。酒未到，先成泪。残灯明灭枕头敧，谙尽孤眠滋味。都来此事，眉间心上，无计相回避。"二公一时勋德重望，而词亦情致如此。大抵人自情中生，焉能无情，但不过甚而已。宋儒云："禅家有为绝欲之说者，欲之所以益炽也。道家有为忘情之说者，情之所以益荡也。圣贤但云寡欲养心，约情合中而已。"予友朱良矩尝云："天之风月，地之花柳，与人之歌舞，无此不成三才。"虽戏语，亦有理也。

[叁] 满江红

范文正公 范仲淹 谪睦州，过严陵钓台，会吴俗岁祀里巫迎神，但歌《满江红》，有"湘江好，洲漠漠。波似染，山如削。绕严陵滩畔，鹭飞鱼跃"之句。公云："吾不善音律。"撰一绝送神曰："汉包六合网英豪，一筒冥鸿惜羽毛。世祖功臣三十六，云台争似钓台高？"吴俗至今歌之。

《湘山野录》

[肆] 温公词

世传司马温公 司马光 有席上所赋《西江月》词云："宝髻松松绾就，铅华淡淡妆成。红颜翠雾罩轻盈。飞絮游丝无定。　　相见争如不见，有情还似无情。笙歌散后酒微醒。深院月明人静。"仁和姜明叔云："此词决非温公作。宣和间耻温公独为君子，作此诬之，不待识者而后能辨也。"

【伍】夏英公词

姚子敬尝手选《古今乐府》一帙，以夏英公竦《喜迁莺·宫词》为冠。其词云："霞散绮，月沉钩。帘卷未央楼。夜凉河汉接天流。宫阙锁清秋。　瑶阶树。金茎露。玉辇香和云雾。三千珠翠拥宸游。水殿按凉州。"富艳精工，诚为绝唱。

【陆】林和靖

林君复_{林逋}"惜别"《长相思》词云："吴山青。越山青。两岸青山相送迎。谁知离别情。　君泪盈。妾泪盈。罗带同心结未成。江头潮已平。"甚有情致。《宋史》谓其不娶，非也。林洪著《山家清供》，其中言先人和靖先生云云，即先生之子也。盖丧偶后，遂不娶尔。

【柒】康伯可词

康伯可_{康与之}"西湖"《长相思》词云："南高峰。北高峰。一片湖光烟霭中。春来愁杀侬。　郎意浓。妾意浓。油壁车轻郎马骢。相逢九里松。"盖效和靖_{林逋}"吴山青"之调也。二词可谓敌手。

【捌】东坡贺新郎词

东坡_{苏轼}《贺新郎》词"乳燕飞华屋"云云，后段"石榴半吐红巾蹙"以下，皆咏榴。《卜算子》"缺月挂疏桐"云云，"缥缈孤鸿影"以下，皆说鸿。别一格也。

【玖】东坡咏吹笛

岭南太守闾丘公显_{闾丘孝终}致仕居姑苏，东坡_{苏轼}每过必留连。坡尝言：过姑苏不游虎丘，不谒闾丘，乃二欠事。其重之如此。一日，出其后房佐酒，有懿卿者，善吹笛，坡作《水龙吟》赠之，"楚山修竹如云"是也。词见《草堂诗馀》，而不知其事，故著之。

【壹〇】密云龙

密云龙，茶名，极为甘馨。宋廖正一，字明略，晚登苏东坡_{苏轼}之门，公大奇之。时黄_{黄庭坚}、秦_{秦观}、晁_{晁补之}、张_{张耒}号"苏门四学士"，东坡待之厚。每来必令侍妾朝云取密云龙，家人以此知之。一日，又命取密云龙，家人谓是四学士，窥之，乃廖明略_{廖正一}也。东坡"咏茶"《行香子》云："绮席才终，欢意犹浓。酒阑时、高兴无穷。共捧君赐，初拆臣封。看分月饼，黄金缕，密云龙。　斗赢一水，功敌千钟。觉凉生、两腋清风。暂留红袖，少却纱笼。放笙歌散，庭馆静，略从容。”

【壹壹】瑞鹧鸪

苕溪渔隐胡仔曰：“唐初歌词，多是五言诗，或七言诗，初无长短句。中叶以后至五代，渐变成长短句，及本朝则尽为此体。今所存者，止《瑞鹧鸪》、《小秦王》二阕，是七言八句诗，并七言绝句诗而已。《瑞鹧鸪》犹依字易歌，若《小秦王》必须杂以虚声，乃可歌尔。”其词云：“碧山影里小红旗。侬是江南踏浪儿。拍手又嘲山简醉，齐声争唱浪婆词。 西兴渡口帆初落，渔浦山头日未欹。侬送潮回歌底曲，樽前还唱使君诗。”此《瑞鹧鸪》也。“济南春好雪初晴。行到龙山马足轻。使君莫忘霅溪女，时作阳关肠断声。”此《小秦王》也，皆东坡苏轼所作。

【壹贰】陈季常

苕溪渔隐胡仔曰：“东坡苏轼云：龙丘子自洛之蜀，载二侍女，戎装驳马，至溪山佳处，辄留数日，见者以为异人。后十年，筑室黄冈之北，号静庵居士。作《临江仙》赠之云：‘细马远驮双侍女，青巾玉带红靴。溪山好处便为家。谁知巴峡路，却见洛城花。 面旋落英飞玉蕊，人间春日初斜。十年不见紫云车。龙丘新洞府，铅鼎养丹砂。'"龙丘子即陈季常^{陈慥}也。秦太虚^{秦观}寄之以诗，亦云："侍童双擢玉，鬟发光可照。骏马锦障泥，相随穷海峤。暮年更折节，学佛得心要。鬻马放阿樊，幅巾对沉燎。"故东坡^{苏轼}作诗戏之，有"忽闻河东狮子吼，拄杖落手心茫然"之句。观此，则知季常载侍女以远游，及暮年甘于枯寂，盖有所制而然，亦可悯笑也哉。

[壹叁]六客词

东坡^{苏轼}云："吾昔自杭移高密，与杨元素^{杨绘}同舟，而陈令举^{陈舜俞}、张子野^{张先}皆从。予过李公择^{李常}于湖，遂与刘孝叔^{刘述}俱至松江。夜半月出，置酒垂虹亭上。子野年八十五，以歌词闻于天下，作《定风波令》。其略云：'见说贤人聚吴分。试问。也应傍有老人星。'坐客欢甚，有醉倒者，此乐未尝忘也。今七年尔，子野、孝叔、令举，皆为异物。而松江桥亭，今岁七月九日海风驾潮，平地丈馀，荡尽无复孑遗矣。追思曩时，真一梦尔。"苕溪渔隐^{胡仔}曰："吴兴郡圃，今有六客亭，即公择、子瞻、元素、子野、令举、孝叔，时公择守吴兴也。"东坡又云：余昔与张子野、刘孝叔、李公择、陈令举、杨元素会于吴兴，时子野作《六客词》，其卒章："尽道贤人聚吴分。试问，也应傍有老人星。"凡十五年，再过吴兴，而五人皆已亡矣。时张仲谋与曹子方曹辅、刘景文刘季孙、苏伯固苏坚、张秉道为坐客。仲谋请作《后六客词》云："月满苕溪照野堂。五星一老斗光芒。十五年间真梦里，何事？长庚对月独凄凉。　　绿鬓苍颜同一醉。还是：六人吟笑水云乡。宾主谈锋谁得似？看取：曹刘今对两苏张。"

【壹肆】东坡中秋词

《古今词话》云："东坡苏轼在黄州，中秋夜对月独酌，作《西江月》词云：'世事一场大梦，人生几度新凉。夜来风叶已鸣廊。看取眉间鬓上。　　酒贱常愁客少，月明多被云妨。中秋谁与共孤光？把盏凄然北望。'坡以谗言谪居黄州，郁郁不得志，凡赋诗缀词，必写其所怀。然一日不负朝廷，其怀君之心，末句可见矣。"苕溪渔隐胡仔曰："《聚兰集》载此词，注云'寄子由'，故后句云：'中秋谁与共孤光，把酒凄然北望。'则兄弟之情见于句意之间矣。疑是倅钱塘时作。子由时为滩阳幕客。"若《词话》所云，则非也。

【壹伍】晁次膺中秋词

苕溪渔隐胡仔曰："中秋词自东坡苏轼《水调

歌头》一出，馀词尽废。然其后亦岂无佳词，如晁次膺晁端礼《绿头鸭》一词，殊清婉。但樽俎间歌喉，以其篇长惮唱，故湮没无闻焉。其词云：'晚云收，淡天一片琉璃。烂银盘来从海底，皓色千里澄晖。莹无尘、素娥淡伫，净可数、丹桂参差。玉露初零，金风未凛，一年无似此佳时。露坐久、疏萤时度，乌鹊正南飞。瑶台冷，栏干凭暖，欲下迟迟。　念佳人，音尘隔后，对此应解相思。最关情、漏声正永，暗断肠、花影潜移。料得来宵，清光未减，阴晴天气又争知？共凝恋，如今别后，还是隔年期。人纵健，清樽素月，长愿相随。'"

【壹陆】**苏养直**

苏养直名伯固，误，苏养直名庠，其父苏坚，字伯固。与东坡苏轼为同族，坡集中有《送伯固兄》诗是也。诗有《清江曲》"属玉双飞水满塘"，当时盛传。词亦佳，"醉眠小坞黄茅店，梦倚高城赤叶楼"，《鹧鸪天》之佳句也。

【壹柒】**苏叔党词**

叔党名过，东坡苏轼少子。《草堂》词所载《点绛唇》二首，"高柳蝉嘶"及"新月娟娟"，皆叔党作也。是时方禁坡文，故隐其名。相传之久，遂或以为汪彦章_{汪藻}，非也。

【壹捌】程正伯

程正伯，号书舟，眉山人，东坡_{苏轼}之中表也。其《酷相思》词云："月挂霜林寒欲坠。正门外，催人起。奈别离、如今真个是。欲住也，无留计。欲去也，来无计。　马上离情衣上泪，各自供憔悴。问江路梅花开也未？春到也，须频寄。人到也，须频寄。"其《四代好》、《折红英》皆佳，见本集。_{案，程正伯非东坡之中表。杨氏误记。}

【壹玖】李邦直

李邦直与东坡_{苏轼}同时人，小词有："杨花落。燕子横穿朱阁。苦恨春醪如水薄。闲愁无处着。　绿野带红山落角。桃杏参差残萼。历历危樯沙外泊。东风晚来恶。"为坡所称。

【贰〇】柳词为东坡所赏

东坡_{苏轼}云："人皆言柳耆卿_{柳永}词俗，如'霜风凄紧，关河冷落，残照当楼'，唐人佳处不过如此。"按其全篇云："对潇潇暮雨洒江天，一番洗清秋。渐霜风凄紧，关河冷落，残照当楼。是处红衰绿减，冉冉物华休。惟有长江水，无语东流。　不忍登高临远，望故乡渺渺，归思悠悠。

叹年来踪迹，何事苦淹留。想佳人、妆楼凝望，误几回、天际识归舟。争知我、倚阑干处，正恁凝眸。"盖《八声甘州》也。《草堂诗馀》不选此，而选其如"愿奶奶兰心蕙性"之鄙俗，及"以文会友"、"寡信轻诺"之酸文，不知何见也。

[贰壹] 木兰花慢

《木兰花慢》，柳耆卿柳永"清明词"，得音调之正。盖"倾城"、"盈盈"、"欢情"，于第二字中有韵。近见吴彦高《中秋》词，亦不失此体，馀人皆不能。然元遗山元好问集中凡九首，内五首两处用韵，亦未为全知者。今载二词于后。柳词云："拆桐花烂熳，乍疏雨，洗清明。正艳杏烧林，湘桃绣野，芳景如屏。倾城。尽寻胜去，骤雕鞍、绀幰出郊坰。风暖繁弦脆管，万家齐奏新声。　　盈盈。斗草踏青。人艳冶，递逢迎。向路傍，往往遗簪堕珥，珠翠纵横。欢情。对佳丽地，任金罍罄竭玉山倾。拼却明朝永日，画堂一枕春醒。"吴词云："敞千门万户，瞰苍海，烂银盘。对沈瀜楼高，储胥雁过，坠露生寒。阑干。眺河汉外，送浮云、尽出众星乾。丹桂霓裳缥缈，似闻杂佩珊珊。　　长安。底处高城，人不见，路漫漫。叹旧日心情，如今容鬓，瘦沈愁潘。幽欢。纵容易得，数佳期，动是隔年看。归去江湖一叶，浩然对景垂竿。"然吴词后段起句又异常体，柳为正。

【贰贰】潘逍遥

潘阆，字逍遥，其人狂逸不检，而诗句往往有出尘之语。词曲亦佳，有"忆西湖"《虞美人》一阕云："长忆西湖湖水上。尽日凭栏楼上望。三三两两钓鱼舟。岛屿正清秋。　笛声依约芦花里。白鸟成行忽飞起。别来闲想整纶竿。思入水云寒。"<u>当是《酒泉子》，杨氏误记。</u>此词一时盛传。东坡公<u>苏轼</u>爱之，书于玉堂屏风。

【贰叁】斜阳暮

秦少游<u>秦观</u>《踏莎行》"杜鹃声里斜阳暮"，极为东坡<u>苏轼</u>所赏。而后人病其"斜阳暮"似重复，非也。见斜阳而知日暮，非复也。犹韦应物诗："须臾风暖朝日暾。"既曰"朝日"，又曰"暾"，当亦为宋人所讥矣。此非知诗者。古诗"明月皎夜光"，"明"、"皎"、"光"非复乎？李商隐诗"日向花间留返照"皆然。又唐诗："青山万里一孤舟。"又："沧溟千万里，日夜一孤舟。"宋人亦言"一孤舟"为复，而唐人累用之，不以为复也。

[贰肆] 秦少游赠楼东玉

秦少游^{秦观}《水龙吟》赠营妓楼东玉者，其中"小楼连苑"及换头"玉佩丁东"，隐"楼东玉"三字。又赠陶心儿"一钩残月带三星"，亦隐"心"字。山谷赠妓词"你共人女边著子，争知我门里添心"，亦隐"好闷"二字云。

[贰伍] 莺花亭

秦少游^{秦观}谪处州日，作《千秋岁》词，有"花影乱，莺声碎"之句，后人慕之，建莺花亭。陆放翁^{陆游}有诗云："沙上春风柳十围，绿阴依旧语黄鹂。故应留与行人恨，不见秦郎半醉时。"

[贰陆] 少游岭南词

少游^{秦观}谪藤州，一日醉野人家，有词云："唤起一声人悄。衾冷梦寒窗晓。瘴雨过，海棠开，春色又添多少。　　社瓮酿成微笑。半缺椰瓢共舀。觉倾倒，急投床，醉乡广大人间小。"此词本集不收，见于地志。而修《一统志》者不识"舀"字，妄改可笑，聊著之。

[贰柒] 满庭芳

秦少游^{秦观}《满庭芳》"晚色云开"，今本

70

误作"晚兔云开"，不通。维扬张綖刻《诗馀图谱》，以意改"兔"作"见"，亦非。按《花庵词选》作"晚色云开"，当从之。

【贰捌】明珠溅雨

秦淮海_{秦观}《望海潮》词云："纹锦制帆，明珠溅雨，宁论爵马鱼龙。"按《隋遗录》：炀帝命宫女洒明珠于龙舟上，以拟雨雹之声。此词所谓"明珠溅雨"也。

【贰玖】天粘衰草

秦少游_{秦观}《满庭芳》"山抹微云，天粘衰草"，今本改"粘"作"连"，非也。韩_{韩愈}文："洞庭汗漫，粘天无壁。"张祜_{当是范成大}诗："草色粘天鶒鸥恨。"山谷_{黄庭坚}诗："远水粘天吞钓舟。"邵博诗："老滩声殷地，平浪势粘天。"赵文升词："玉关芳草粘天碧。"严次山词："粘云江影伤千古。"叶梦得词："浪粘天、蒲桃涨绿。"刘行简词："山翠欲粘天。"刘叔安词："暮烟细草粘天远。""粘"字极工，且有出处。又见《避暑录话》可证。若作"连天"，是小儿之语也。

【叁〇】山抹微云女婿

范元实，范祖禹之子，秦少游_{秦观}婿也。学诗于山谷^{黄庭坚}，作《诗眼》一书。为人凝重，尝在歌舞之席，终日不言。妓有问之曰："公亦解词曲否？"笑答曰："吾乃'山抹微云'女婿也。"可见当时盛唱此词，《草堂诗馀》亦有范元实词。

[叁壹] 晴鸽试铃
张子野^{张先}《满江红》："晴鸽试铃风力软，雏莺弄舌春寒薄。"清新自来无人道。

[叁贰] 初寮词
王初寮，字安中，名履道，初为东坡^{苏轼}门下士，诗文颇得膏腴。其词有"椽烛垂珠清漏长，迟留春笋缓催觞"之句。又："天与麟符行乐分。缓带轻裘，雅宴催云鬟。翠雾萦纡销篆印。筝声恰度秋鸿阵。"为时所称。其后附蔡京，遂叛东坡^{苏轼}，其人不足道也。

[叁叁] 王元泽
王雱，字元泽，半山^{王安石}之子。或议其不能作小词，乃援笔作《倦寻芳》词一首，《草堂》词所载"露晞向晓"是也。自此绝不作。

[叁肆] 宋子京
宋子京^{宋祁}小词有："春睡腾腾，困入娇波慢。隐隐枕痕留一线。腻云斜溜钗头燕。"分明写出春睡美人也。

【叁伍】韩子苍

韩驹，字子苍，蜀之仙井人，今井研县也。其"中秋"《念奴娇》"海天向晚"一首亚于东坡_{苏轼}之作，《草堂》已选。"雪"词《昭君怨》云："昨日樵村渔浦。今日琼川银渚。山色卷帘看。老峰峦。　锦帐美人贪睡。不觉天花剪水。惊问是杨花。是芦花？"当为完颜亮作，杨氏误记。

【叁陆】俞秀老弄水亭词

俞紫芝秀老，弟澹清老，名字见王介甫王安石、黄鲁直黄庭坚集中。诗词传世虽少，亦间见《文鉴》等篇。《叶石林诗话》误以为扬州人。鲁直答清老寒夜三诗，其一引牧羊金华山黄初平事言之，盖黄上世亦出金华也。近览《清溪图》，有秀老手题《临江仙》词一阕，后书俞紫芝。此词世少知之，录于后："弄水亭前千万景，登临不忍空回。水轻墨淡写蓬莱。莫教世眼，容易洗尘埃。　收去雨昏都不见，展时还似云开。先生高趣更多才。人人尽道，小杜却重来。"

[叁柒] 孙巨源

孙洙字巨源，尝注《杜诗》，注中"洙曰"是也。元丰间，为翰林学士，与李端愿太尉往来尤数。会一日锁院，宣召者至其家，则出。十馀辈踪迹得之于李氏。时李新纳妾，能琵琶，公饮不肯去，而迫于宣命。入院几二鼓矣，草三制罢，作此词。迟明，遣示李。其词云："楼头尚有三通鼓。何须抵死催人去。上马苦匆匆。琵琶曲未终。　　回头凝望处。那更廉纤雨。漫道玉为堂。玉堂今夜长。"或传以为孙觊，非也。

[叁捌] 陈后山

陈后山 陈师道 为人极清苦，诗文皆高古，而词特纤艳。如《一落索》换头云："一顾教人微俏，那堪亲见。不辞紫袖拂清尘，也要识春风面。"又有"席上赠妓"词云："不愁歌里断人肠，只怕有肠无处断。"所谓彼亦直寄焉，以为不知己者诉厉也。

[叁玖] 双鱼洗

张仲宗 张元幹 《夜游宫》词云："半吐寒梅未折。双鱼洗、冰澌初结。户外明帘风任揭。拥红垆，洒窗间，惟稷雪。　　此日去年时节。这心事、有人诉说。斗帐重熏鸳被叠。酒微醺，管

74

灯花，今夜别。"双鱼洗，盥手之器，见《博古图》。霰雪，霰也，形如米粒，能穿瓦透窗，见《毛诗疏》。

【肆〇】石州慢

张仲宗_{张元幹}《石州慢》："寒水依痕，春意渐回，沙际烟阔。"为一句。今刻本于"沙际"之下截为一句，非也。下文"烟阔溪柳"，成何语乎？

【肆壹】张仲宗词用唐诗语

张仲宗_{张元幹}，号芦川，填词最工。其《踏莎行》云："芳草平沙，斜阳远树。无情桃叶江头渡。醉来扶上木兰舟，将愁不去将人去。　薄劣东风，夭斜落絮。明朝重觅吹笙路。碧云香雨小楼空，春光已到销魂处。"_{此词乃张翥作}唐李端诗："江上晴楼翠霭间，满阑春水满窗山。青枫绿草将愁去，远入吴云暝不还。"此词"将愁不去将人去"一句反用之。"夭斜"音"歪斜"，白乐天_{白居易}诗："钱塘苏小小，人道最夭斜。"自注："夭"音"歪"。若不知其出处，不见其工。词虽一小技，然非胸中有万卷，下笔无一尘，亦不能臻其妙也。

【肆贰】张仲宗送胡澹庵词

张仲宗 张元幹 "送胡淡庵赴贬所"《贺新郎》一阕云："梦绕神州路。恨西风，连营画角，故宫禾黍。底事昆仑倾砥柱，九地黄流乱注。聚万落千村狐兔。天意从来高难问，况人情易老悲难诉。更南浦，送君去。　　凉生岸柳催残暑。耿斜河、疏星淡月，淡云微度。万里江山知何处。回首对床夜雨。雁不到、书成谁与？目尽青天怀今古，肯儿曹恩怨相尔汝？举大白，听《金缕》。"秦桧知之，亦与作诗王庭珪同贬责。此词虽不工，亦当传，况工致悲愤如此，宜表出之。

【肆叁】张仲宗

张仲宗 张元幹，三山人，以送胡淡庵及寄李纲词得罪，忠义流也。其词最工，《草堂诗馀》选其"春水连天"及"卷珠箔"二首，脍炙人口。他如"帘旌翠波飐，窗影残红一线"及"溪边雪霭藏云树，小艇风斜沙嘴路"，皆秀句也。词中多以"否"呼为"府"，与"主"、"舞"字同押，盖闽音也。如林外以"锁"为"扫"，俞克成以"我"为"袄"，与"好"同押，皆鴂舌之音，可删不可取也。曹元宠亦以"否"呼为"府"。

【肆肆】林外

林外，字岂尘，有《洞仙歌》书于垂虹桥。作道装，不告姓名，饮醉而去。人疑为吕洞宾，传入宫中。孝宗笑曰："云屋洞天无锁。""锁"与"老"叶韵，则"锁"音"扫"，乃闽音也。侦问之，果闽人林外也。此词亦不工，不当入选。

【肆伍】韩世忠词

韩世忠以元枢就第，绝口不言兵。杜门谢却酬酢，时乘小骡，放浪西湖泉石间。一日至香林园，苏仲虎尚书方宴客。王径造之，宾主欢甚，尽醉而归。明日王饷以羊羔，且手书二词以遗之。《临江仙》云："冬日青山潇洒静，春来山暖花浓。少年衰老与花同。世间名利客，富贵与穷通。　荣华不是长生药，清闲不是死门风。劝君识取主人翁。单方只一味，尽在不言中。"《南乡子》云："人有几多般？富贵荣华总是闲。自古英雄都是梦，为官。宝玉妻儿宿业缠。　年事已衰残，须鬓苍苍骨髓干。不道山林多好处，贪欢。只恐痴迷误了贤。"王生长兵间，未尝知书。晚岁忽若有悟，能作字及小词，皆有意趣。信乎非常之才也。

词品卷四

【词品】

[壹] 赵元镇

赵鼎，字元镇，宋中兴名相。小词婉媚，不减《花间》、《兰畹》。"惨结秋阴"一首，世皆传诵之矣。《点绛唇》一首云："香冷金猊，梦回鸳帐馀香嫩。更无人问。一枕江南恨。　消瘦休文，顿觉春衫褪。清明近。杏花吹尽。薄暮寒成阵。"

[贰] 贺方回

贺方回 贺铸 《浣溪沙》云："鸳外红销一缕霞。淡黄杨柳带栖鸦。玉人和月折梅花。　笑捻粉香归绣户，半垂罗幕护窗纱。东风寒似夜来些。"此词句句绮丽，字字清新。当时赏之，以为《花间》、《兰畹》不及，信然。近见《玉林词选》，首句二字作"楼角"，非也。"楼角"与"鸳

78

外"相去何啻天壤！

【叁】孙浩然

"一带江山如画。风物向秋潇洒。水浸碧天何处断，霁色冷光相射。蓼屿荻花洲，掩映竹篱茅舍。　云际客帆高挂。烟外酒旗低亚。多少六朝兴废事，尽入渔樵闲话。怅望倚层楼，寒日无言西下。"此孙浩然《离亭宴》词也，悲壮可传。

【肆】查荎透碧霄

"舣兰舟。十分端是载离愁。练波送远，屏山遮断，此去难留。相从争奈，心期久要，屡变霜秋。叹人生、杳似萍浮。又翻成轻别，都将深恨，付与东流。　想斜阳影里，寒烟明处，双桨去悠悠。爱渚梅幽香动，须采掇，倩纤柔。艳歌粲发，谁传馀韵，来说仙游。念故人，留此遐州。但春风老去，秋月圆时，独倚江楼。"此查荎《透碧霄》词也，所谓一不为少。

【伍】陈子高

陈子高，名克，天台人。有《赤城词》一卷，甚工致流丽。《草堂》词"愁脉脉"一篇，子高词也，今刻失其名。

79

【陆】陈去非

陈去非，蜀之青神人，陈季常之孙也，徙居河南。宋南渡后，又居建业。诗为高宗所眷注，而词亦佳。语意超绝，笔力排奡，识者谓其可摩坡仙^{苏轼}之垒，非溢美云。《草堂》词惟载"忆昔午桥"一首。其"闽中"《渔家傲》云："今日山头云欲举。青蛟翠凤移时舞。行到石桥闻细雨。听还住。风吹却过溪西去。　我欲寻诗宽久旅。桃花落尽春无数。渺渺篮舆穿翠楚。悠然处。高林忽送黄鹂语。"又《虞美人》云："吟诗日日待春风。及至桃花开后却匆匆。"又《点绛唇》云："愁无那。短歌谁和？风动梨花朵。"又《南柯子》云："阑干三面看晴空。背插浮图，千尺冷烟中。"皆绝似坡仙语。

【柒】陈去非桂花词

苕溪渔隐^{胡仔}曰：木犀，闽中最多，路傍往往有参天合抱者，土人以其多而不贵之。漕宇门前两径，自有一二百株，至秋花盛开，篮舆行清香中，殊可爱也。古人赋咏，惟东坡^{苏轼}倅钱塘，《八月十七日天竺送桂花分赠元素》诗云："月缺霜浓细蕊干。此花元属桂堂仙。鹫峰子落惊前夜，蟾窟枝空记昔年。破衲山僧怜耿介，练裙溪女斗清妍。愿公采撷纫幽佩，莫遣孤芳老涧边。"陈去非_{陈与义}有词云："黄衫相倚。翠葆层层底。八月江南风日美。弄影山腰水尾。　楚人未识孤妍。《离骚》遗恨千年。无住庵中新梦，一枝唤起幽禅。"万俟雅言_{万俟咏}有词云："芳菲叶底。谁会秋工意。深绿护轻黄，怕青女霜侵憔悴。开分早晚，都占九秋天，花四出，香七里。独步珠宫里。　佳名岩桂，却因是遗子。不自月中来，又那得萧萧风味。《霓裳》旧曲，休问广寒人，飞太白，酹仙蕊。香外无香比。"《文昌杂录》云："京师贵家，多以酴醾渍酒，独有芬香而已。近年方以槟楂花悬酒中，不惟馥郁可爱，又能使酒味辛冽。始于戚里，外人盖所未知也。"

【捌】叶少蕴

叶少蕴名梦得，号石林居士。妙龄秀发，有文章盛名。《石林词》一卷传于世。《贺新郎》"睡起流莺语"，《虞美人》"落花已作风前舞"，皆其词之入妙者也。"中秋宴客"《念奴娇》末句云："广寒宫殿，为余聊借琼林。"英英独照者。

【玖】曾空青

曾纡，字公衮，号空青先生，了宣之了。《清樾轩》二诗名世，词亦佳。其《临江仙》云："后院短墙临绿水，春风急管繁弦。问谁亲按

81

小婵娟。玉堂天上客，琳馆地行仙。　安得此身长是健，徘徊夜饮朝眠。江南刺史漫垂涎。安排肠已断，何况到樽前。"又《菩萨蛮》："山光冷浸清江底。江光只到柴门里。卧对白蘋洲。欹眠数钓舟。"亦佳。惜全篇未称。

【壹〇】曾纯甫

曾觌，字纯甫，号海野。东都故老，见汴都之盛，故词多感慨，《金人捧露盘》是也。《采桑子》云："花里游蜂。宿粉栖香锦绣中。"为当时传歌。

【壹壹】曾觌张抡进词

曾觌进词赋，遂进《阮郎归》云："柳阴庭院占风光。呢喃春昼长。碧波新涨小池塘。双双蹴水忙。　萍散漫，絮飞扬。轻盈体态狂。为怜流水落花香。衔将归画梁。"既登舟，知阁张抡进《柳梢青》云："柳色初浓，馀寒似水，纤雨如尘。一阵东风，縠纹微皱，碧沼鳞鳞。　仙娥花月精神。奏凤笙、鸾弦斗新。万岁声中，九霞杯内，长醉芳春。"曾觌和进云："桃靥红匀，梨腮粉薄，鸳径无尘。凤阁凌虚，龙池澄碧，芳意鳞鳞。　清时酒圣花神。看内苑、风光又新。一部仙韶，九重鸾仗，天上长春。"

[壹贰] 雪词

"紫皇高宴仙台，双成戏击璚苞碎。何人为把，银河水剪，甲兵都洗。玉样乾坤，八荒同色，了无尘翳。喜冰消太液，暖融鸂鶒，端门晓，班初退。　圣主忧民深意。转鸿钧、满天和气。太平有象，三宫二圣，万年千岁。双玉杯深，五云楼迥，不妨频醉。看来不是飞花，片片是、丰年瑞。"太上大喜，赐镀金酒器三百两。

[壹叁] 月词

曾觌《壶中天》词云："素飙漾碧，看天衢稳送，一轮明月。翠水瀛壶人不到，比似世间秋别。玉手瑶笙，一时同色，小按霓裳叠。天津桥上，有人偷记新阕。　当日谁幻银桥，阿瞒儿戏，一笑成痴绝。肯信群仙高宴处，移下水晶宫阙。云海尘清，山河影满，桂冷吹香雪。何劳玉斧，金瓯千古无缺。"上皇大喜，曰："从来月词不曾用'金瓯'事，可谓新奇。"赐金束带、紫番罗、水晶碗。上亦赐宝盏。至一更五点还宫。是夜，西兴亦闻天乐焉。

[壹肆] 潮词

江潮亦天下所独。宣谕侍官，各赋《酹江月》一曲，至晚呈上，以吴琚为第一。其词曰：

"玉虹遥挂，望青山隐隐，恍如一抹。忽觉天风吹海立，好似春霆初发。白马凌空，琼鳌驾水，日夜朝天阙。飞龙舞凤，郁葱环拱吴越。　　此景天下应无，东南形胜，伟观真奇绝。好是吴儿飞彩帜，蹴起一江秋雪。黄屋天临，水犀云拥，看击中流楫。晚来波静，海门飞上明月。"两宫赏赐无限，至月上始还。

【壹伍】张材甫

张材甫，名抡，南渡故老。词多应制。《元夕》"双阙中天"一首，繁华感慨，已入选矣。"咏瑞香花"《西江月》："剪就碧云团叶，刻成紫玉芳心。浅春不怕嫩寒侵。暖彻薰笼瑞锦。　　花里清芬独步，樽前胜韵难禁。飞香直到玉杯深。消得厌厌夜饮。"又《柳梢青》前段云："柳色初匀，轻寒如水，纤雨如尘。一阵东风，縠纹微皱，碧沼鳞鳞。"亦佳。足称词人。

【壹陆】朱希真

朱希真，名敦儒，博物洽闻，东都名士也。天资旷远，有神仙风致。其《西江月》二首，词浅意深，可以警世之役役于非望之福者，《草堂》入选矣。其《相见欢》云："东风吹尽江梅。橘花开。旧日吴王宫殿长青苔。　　今古事，

英雄泪，老相催。常恨夕阳西下晚潮回。"《鹧鸪
天》云："检尽历头冬又残。爱他风雪耐他寒。拖
条竹杖家家酒，上个篮舆处处山。　添老大，转
痴顽。谢天教我老年闲。道人还了鸳鸯债，纸帐
梅花醉梦间。"其《水龙吟》末云："奇谋报国，
可怜无用，尘眠白羽。铁锁横江，锦帆冲浪，孙
郎良苦。"亦可知其为人矣。

[壹柒] 李似之

　　李似之，名弥逊，仙井监人，自号筠翁，
宋南渡名士。不附秦桧坐贬。有"别友"《菩萨
蛮》一首云："江城烽火连三月。不堪对酒长亭
别。休作断肠声。老来无泪倾。　风高帆影疾。
目送舟痕碧。锦字几时来？薰风无雁回。"

[壹捌] 张安国

　　张孝祥，字安国，蜀之简州人，当是和州乌江
人。四状元之一也。后卜居历阳。平昔为词，未
尝著稿，笔酣兴健，顷刻即成，无一字无来处。
如《歌头》、《凯歌》诸曲，骏发蹈厉，寓以诗人
句法者也。有《于湖紫微雅词》一卷，汤衡为序
云云。其咏物之工，如"罗帕分柑霜落齿，冰盘
剥芡珠盈掬"；写景之妙，如"秋净明霞乍吐，曙
凉宿霭初消"；丽情之句，如"佩解湘腰，钗孤楚

鬓"；不可胜载。

［壹玖］于湖词

于湖玩鞭亭，晋明帝觇王敦营垒处。自温庭筠赋诗后，张文潜<small>张耒</small>又赋《于湖曲》，以正"湖阴"之误。词皆奇丽警拔，脍炙人口。徐宝之、韩南涧<small>韩元吉</small>亦发新意，张安国<small>张孝祥</small>赋《满江红》云："千古凄凉，兴亡事，但悲陈迹。凝望眼，吴波不动，楚山空碧。巴滇绿骏追风远，武昌云旆连天赤。笑老奸遗臭到如今，留空壁。　边书静，烽烟息。通轺传，销锋镝。仰太平天子，圣明无敌。蹩踏扬州开帝里，渡江天马龙为匹。看东南佳气郁葱葱，传千忆。"虽间采温<small>温庭筠</small>、张<small>张耒</small>语，而词气亦不在其下。尝见安国大书此词，后题云："乾道元年正月十日。"笔势奇伟可爱。《建康实录》，唐许嵩所著者，亦称"湖阴"云云，庭筠之误，有自来矣。

［贰〇］醉落魄

张于湖<small>张孝祥</small>《醉落魄》词云："轻寒淡绿。可人风韵闲梳束。多情早是眉峰蹙。一点秋波，闲里觑人毒。　桃花庭院光阴速。铜鞮谁唱大堤曲。归来想是樱桃熟。不道秋千，谁伴那人蹴。"此词"毒"、"蹴"二字难下。《醉落魄》，

86

元曲讹为《醉罗歌》。

　　史邦卿，名达祖，号梅溪。今录其《万年欢》一首，亦鼎之一脔也。"两袖梅风，谢桥边岸痕，犹带阴雪。过了匆匆灯市，草根青发。燕子春愁未醒，误几处，芳音辽绝。烟姿上，采绿人归，定应愁沁花骨。　　非干厚情易歇。奈燕台句老，难道离别。小径吹衣，曾记故里风物。多少惊心旧事，第一是、侵阶罗袜。如今但柳发晞春，夜来和露梳月。"《春雪》词云："行天入镜，都做出、轻松纤软。""寒炉重暖，便放慢春衫针线。恐凤鞋挑菜归来，万一灞桥相见。"此句尤为姜尧章 姜夔拈出。"轻松纤软"，元人小令借以咏美人足云。又《元夕》词："羞醉玉，少年丰度。怀艳雪，旧家伴侣。""醉玉生春"出《兰畹词》，"艳雪"出韦应物诗，语精字炼，岂易及耶？

【贰贰】杏花天

　　史邦卿 史达祖《杏花天》词云："软波拖碧蒲芽短。画楼外，花晴柳暖。今年自是清明晚。便觉芳情较懒。　　春衫瘦，东风剪剪。逼化坞，香吹醉面。归来立马斜阳岸。隔水歌声一片。"姜尧章 姜夔云："史邦卿之词，奇秀清逸，有李长吉 李贺之韵，盖能融情景于一家，会句意于两得。"姜亦当时词手，而服之如此。

［贰叁］姜尧章

姜夔，字尧章，号白石道人，南渡诗家名流。词极精妙，不减清真周邦彦乐府。其间高处有周美成周邦彦不能及者。善吹箫，自制曲，初则率意为长短句，然后协以音律云。其"咏蟋蟀"《齐天乐》一词最胜，其词曰："庾郎先自吟愁赋。凄凄更闻私语。露湿铜铺，苔侵石井，都是曾听伊处。哀音似诉。正思妇无眠，起寻机杼。曲曲屏山，夜深独自甚情绪。　　西窗又吹暗雨。为谁频断续，相和砧杵？候馆吟秋，离宫吊月，别有伤心无数。邠诗漫与。笑篱落呼灯，世间儿女。写入琴丝，一声声更苦。"其《过苕霅》云："拂雪金鞭，欺寒茸帽，不记章台走马。""雁碛沙平，渔汀人散，老去不堪游冶。"《人日》词云："池面冰胶，墙头雪老，云意还又沉沉。""朱户粘鸡，金盘簇燕，空叹时序侵寻。"《湘月》词云："归禽时度，月上汀洲冷。中流容与，画桡不点清镜。"从柳子厚"绿净不可唾"之语翻出。"戏张平甫纳妾"云："别母情怀，随郎滋味，桃叶渡江时。"《翠楼吟》云："槛曲萦红，檐牙飞翠。""酒破清愁，花消英气。"《法

［词品］

88

曲献仙音》云："过秋风未成归计。重见冷枫红舞。"《玲珑四犯》云："轻盈唤马，端正窥户。酒醒明月下，梦逐潮声去。"其腔皆自度者。传至今，不得其调，难入管弦，只爱其句之奇丽耳。

[贰肆]高宾王

高观国，字宾王，号竹屋。词名《竹屋痴语》，陈造为序。称其与史邦卿<small>史达祖</small>皆秦<small>秦观</small>、周<small>周邦彦</small>之词，所作要是不经人道语，其妙处，少游<small>秦观</small>、美成<small>周邦彦</small>亦未及也。旧本《草堂诗馀》选其《玉蝴蝶》一首，书坊翻刻，欲省费，潜去之。予家藏有旧本，今录于此，以补遗略焉。"唤起一襟凉思，未成晚雨，先做秋阴。楚客悲残，谁解此意登临。古台荒，断霞斜照，新梦黯，微月疏砧。总难禁，尽将幽恨，分付孤斟。 从今。倦看青镜，既迟勋业，可负烟林。断梗无凭，岁华摇落又惊心。想莼汀，水云愁凝；闲蕙帐，猿鹤悲吟。信沉沉，故园归计，休更侵寻。"又"咏轿"《御街行》云："藤筐巧织花纹细。称稳步，如流水。踏青陌上雨初晴，嫌怕湿文鸳双履。要人送上，逢花须住。才过处，香风起。 裙儿挂在帘儿底。更不把窗儿闭。红红白白簇花枝，却称得、寻春芳意。归来时晚，纱笼引道，扶下人微醉。"他如"秋怀"《喜迁莺》、"吊青楼"《永遇

89

乐》，佳作也。

卢申之，名祖皋，邛州人。有《蒲江词》一卷，乐章甚工，字字可入律吕。彭传师于吴江作钓雪亭，擅渔人之窟宅，以供诗境也。约赵子野、翁灵舒^{翁卷}诸人赋之，惟申之擅场。"江寒雁影梅花瘦。四无尘，雪飞风起，夜窗如昼。"其警句也。《水龙吟·咏荼䕷》云："荡红流水无声，暮烟细草粘天远。低回倦蝶，往来忙燕，芳期顿懒。绿雾迷墙，翠虬腾架，雪明香暖。笑依依欲挽，春风教住，还疑是、相逢晚。 不似梅妆瘦减。占人间、丰神萧散。攀条弄蕊，天涯犹记，曲阑小院。老去情怀，酒边风味，有时重见。对枕帏空想，东窗旧梦，带将离怨。"《洞仙歌·咏茉莉》云："玉肌翠袖，较似酴醾瘦。几度熏醒夜窗酒。问炎州何许清凉，尘不到、一段冰壶剪就。 晚来庭户悄，暗数流光，细拾芳英黯回首。念日暮江东，偏为魂销人易老，幽韵清标似旧。正簟纹如水帐如烟，更奈向，月明露浓时候。"

"新来塞北。传到真消息。赤地居民无一粒。更五单于争立。 维师尚父鹰扬。熊罴百万

90

堂堂。看取黄金假钺，归来异姓真王。"又云：
"堂上谋臣樽俎，边头将士干戈。天时地利与人
和。燕可伐与曰可！　今日楼台鼎鼐，明年带砺
山河。大家齐唱大风歌。同日四方来贺。"世传辛
幼安<small>辛弃疾</small>寿韩侂胄词也。又有小词一首，尤多俚
谈，不录。近读谢叠山文，论李氏《系年录》、
《朝野杂记》之非。谓乾道间，幼安以金有必亡
之势，愿召大臣预修边备，为仓卒应变之计，此
忧国远猷也。今摘数语，而曰赞开边，借刘过小
词，曰：此幼安作也。忠魂得无冤乎？故今特为
拈出。

【贰柒】天仙子

刘改之<small>刘过</small>"赴试别妾"《天仙子》云："别
酒醺醺浑易醉。回过头来三十里。马儿不住去如
飞，行一愁，牵一愁。断送杀人山共水。　是则
是功名终可喜。不道恩情抛得未。梅村雪店酒旗
斜，去也是，住也是，烦恼自家烦恼你。"词俗意
佳，世多传之。又小说载曹东亩赴试步行，戏作
《红窗迥》慰其足云："春闱期近也，望帝乡迢
迢，犹在天际。懊恨这一双脚底，一日厮赶上、
五六十里。　争气。扶持我去，转得官归、恁时
赏你。穿对朝靴，安排你在轿儿里。更选对宫样
鞋儿，夜间伴你。"其词虽相似，而不及改之远

91

甚。曹东亩名豳，字西士。

严仁，字次山，词名《清江欸乃》。其佳处
有"粘云江影伤千古，流不去、断魂处"之句。
又长于庆寿、赠行，洒然脱俗。如"寿萧禹平"
云："云表金茎珠璀璨。当日投怀惊玉燕。文章议
论压西昆，风流姓字翔东观。""赠欧太守"云：
"坐啸清香画戟。听丁丁，滴花晴漏，棠阴昼
寂。""赓宾客竹枝杨柳送别"云："相逢斜柳绊
轻舟，渚香不断蘋花老。"又："窗儿上，几条残
月，斜玉界罗帏。"皆为当时脍炙。

【贰玖】吴大年

吴亿，字大年，南渡初人。《元夕》"楼雪
初消"一首入选。予爱其《南乡子》一首云：
"江上雪初消。暖日晴烟弄柳条。认得裙腰芳草
绿，魂销。曾折梅花过断桥。　蝉鬓为谁凋。长
恨含娇郏处娇。遥想晚妆呵手罢，无聊。更傍朱
唇暖玉箫。"

【叁〇】张功甫

张功甫，名镃，有《玉照堂词》一卷。玉
照堂以种梅得名，其词多赏梅之作。其佳处如：

92

"光摇动，一川银浪，九霄珂月。"又："宿雨初干，舞梢烟瘦金丝袅。粉围香阵拥诗仙，战退春寒峭。"皆咏梅之作。虽不惊人，而风味殊可喜。

【叁壹】贺新郎

张功甫，名镃，善填词。尝即席作《贺新郎·送陈退翁分教衡湘》云："桂隐传杯处。有风流千岩胜韵，太丘遗绪。玉季金昆霄汉侣。平步鸾坡挥麈。莫便驾，飞帆烟渚。云动精神衡岳去。向君山帝野锵韶濩。艺兰畹，吊湘楚。　　南湖老矣无襟度。但樽前踉跄醉饮，帽花颠仆。只恐清时专文教，犹贷阴山狂虏。卧玉帐，貔貅钲鼓。忠烈前勋赍万恨，望神都魏阙奔狐兔。呼翠袖，为君舞。"此词首尾变化，送教官而及阴山狂虏，非善转换不及此。末句"呼翠袖，为君舞"六字又能换回结煞，非千钧笔力未易到此。辛稼轩辛弃疾有"凭谁唤取，盈盈翠袖，揾英雄泪"，此末句似之。

【叁贰】吴子和

吴子和，名礼之，钱塘人。有"闰元宵"《喜迁莺》一词入选。

【叁叁】郑中卿

郑中卿，名域，三山人，号松窗。使虏回，

有《燕谷剿闻》二卷，纪虏事甚详。《昭君怨·咏梅》一词云："道是花来春未。道是雪来香异。水外一枝斜。野人家。　冷淡竹篱茅舍。富贵玉堂琼树。两地不同栽。一般开。"兴比甚佳。《丽情》云："合是一钗双燕，却成两处孤鸾。"乐府多传之。

[叁肆] 谢勉仲

谢勉仲，名愻，号静寄居士。吴伯明称其"片言只字，戞玉锵金，酝籍风流，为世所贵"云。其七夕《鹊桥仙》一词入选，"钩帘借月"是也。若"馀醒未解扶头懒，屏里潇湘梦远"，亦的的佳句。

[叁伍] 赵文鼎

赵文鼎，名善扛，号解林居士。其"春游"《重叠金》云："楚宫杨柳依依碧。遥山翠隐横波溢。绝艳照秾春。春光欲醉人。　纤纤芳草嫩。微步轻罗衬。花戴满头归。游蜂花上飞。"其二："玉关芳草粘天碧。春风万里思行客。骄马向风嘶。道归犹未归。　南云新有雁。望眼愁边断。膏沐为谁容。日高花影重。"《重叠金》即《菩萨蛮》也。又《十拍子》阕亦佳。

【叁陆】赵德庄

赵德庄，名彦端，有《介庵词》一卷。《清平乐》一首云："桃根桃叶。一树芳相接。春到江南二三月。迷损东家蝴蝶。　　殷勤踏取春阳。风前花正低昂。与我同心栀子，报君百结丁香。"为集中之冠。

【叁柒】易彦祥

易祓，字彦祥，长沙人，宁宗朝解褐状元。《草堂》词《蓦山溪》："海棠枝上，留取娇莺语。"其所作也。

【叁捌】李知几

李石，字知几，号方舟，蜀之井研人。文章盛传，有《续博物志》。词亦风致。《草堂》选"烟柳疏疏人悄悄"，其"夏夜"词也。"赠官妓"词有："暖玉倚香愁黛翠。劝人须要人先醉。问道明朝行也未？犹自记。灯前背立偷垂泪。"好事者或改"偷"为"佯"。

【叁玖】危逢吉

危逢吉，名稹，有《巽斋词》一卷。其"咏箜篌"《渔家傲》云："老去诸馀情味浅。诗情不上闲钗钏。宝幌有人红两靥。帘间见。紫云元在深深院。 十四条弦音调远。柳丝不隔芙蓉面。
秋入西窗风露晚。归去懒。酒酣一任乌巾岸。"按
箜篌本二十三弦，十四弦盖后世从省，非古制矣。

【肆○】刘巨济

刘泾，字巨济，简州人。文曰《前溪集》。
其《夏初临》词"小桥飞盖入横塘"，今刻本
"飞"下落一"盖"字。

【肆壹】刘巨济僧仲殊

张枢言龙图守杭。一日，湖上开宴，刘泾巨
济、僧仲殊在焉。枢言命即席作填词，巨济先倡
曰："凭谁好笔。横扫素缣三百尺！天下应无。此
是钱塘湖上图。"仲殊应声曰："一般奇绝。云淡
天高秋夜月。费尽丹青。只这些儿画不成。"枢言
又出梅花，邀二人同赋，仲殊曰："江南二月。犹
有枝头千点雪。邀上芳樽。却占东君一半春。"
巨济曰："樽前眼底。南国风光都在此。移过江
来。从此江南不复开。"乃《减字木兰花》调也。

【肆贰】刘叔拟

刘叔拟，名仙伦，庐陵人，号招山。乐章为
人所脍炙。其"赏牡丹"《贺新郎》："谁把天香
和晚露，倩东风、特地匀芳脸。""隔花听取提壶

劝。道此花过了春归，蝶愁莺怨。"最佳，而结句意俗。"秋日"《念奴娇》云："西风何事，为行人、扫荡烦襟如洗。垂涨蒸澜都卷尽，一片潇湘清沚。酒病惊秋，诗愁入鬓，对影人千里。楚宫故事，一时分付流水。　　江上买取扁舟，排云涌浪，直过金沙尾。归去江南丘壑处，不用重寻月姊。风露杯深，芙蓉裳冷，笑傲烟霞里。草庐如旧，卧龙知为谁起。"此首绝佳。又有《系裙腰》一词云："山儿矗矗水儿清。船儿似叶儿轻。风儿更没人情。月儿明。厮合凑送人行。　　眼儿簌簌泪儿倾。灯儿更冷清清。遭逢雁儿，又没前程。一声声。怎生得梦儿成。"此词秩薄而意优柔，亦柳永之流也。

【肆叁】洪叔玙

　　洪叔玙，名璨，自号空同词客。其《瑞鹤仙》云："听梅花吹动，凉夜何其，明星有烂。相看泪如霰。问而今去也，何时会面。匆匆聚散，恐便作秋鸿社燕。最伤心，夜来枕上，断云零雨何限。　　因念。人生万事，回首悲凉，都成梦幻。芳心缱绻。空惆怅，巫阳馆。况船头一转，二千馀里，隐隐高城不见。恨无情春水连天，片帆似箭。""咏新月"《南柯子》云："柳浪摇晴沼，荷风度晚檐。碧天如水印新蟾。一缕清光，斜露玉纤纤。　宝镜微开匣，金钩未押帘。西楼今夜有人欢。应傍庄台，低照画眉尖。""水宿"《菩萨蛮》云："断虹远饮横江水。万山紫翠斜阳里。系马短亭西。丹枫明酒旗。　浮生长客路。事逐孤鸿去。又是月黄昏。寒灯人闭门。"其馀如："笑捐琼佩遗交甫。肯把文梭掷幼舆。花上蝶，水中凫。芳心密意两相于。"用事用韵皆妙。又："合数松儿，分香帕子，总是牵情处。"用唐诗"楼头击鼓转花枝，席上藏阄握松子"事也。全篇如《月华清》、《水龙吟》、《蓦山溪》、《齐天乐》，皆不减周美成周邦彦，不尽录也。

[肆肆] 冯伟寿

冯伟寿，字艾子，号云月，词多自制腔。《草堂》词选其"春风恶劣。把数枝香锦，和莺吹折"一首。又《春风袅娜》，其自度曲也。"被梁间双燕，话尽春愁。朝粉谢，午花柔。倚红阑故与，蝶围蜂绕，柳绵无数，飞上搔头。凤管声圆，蚕房香暖，笑挽罗衫须少留。隔院兰馨趁风远，邻墙桃影伴烟收。　些子风情未减，眉头眼尾，万千事、欲说还休。蔷薇刺，牡丹球。殷勤记省，前度绸缪。梦里飞红，觉来无觅，望中新绿，别后空稠。相思难偶，叹无情明月，今年已见，三度如钩。"殊有前宋秦秦观、晁晁补之之风艳，

98

比之晚宋酸馅味、教督气不侔矣。馀句如"笑呼银汉入金鲸"，临邛高耻庵列为《丽句图》云。

【肆伍】吴梦窗

吴梦窗，名文英，字君特，四明人。尹君焕序其词云："求词于吾宋，前有清真，后有梦窗，此非焕之言，四海之公言也。"有《声声慢》一词云："檀栾金碧，婀娜蓬莱，游云不蘸芳州。露柳霜莲，十分点缀残秋。新弯画眉未稳，似含羞、低度墙头。愁送远，驻西台车马，共惜临流。　知道池亭多宴，掩庭花长是，惊落秦讴。腻粉阑干，犹闻凭袖香留。输他翠涟拍瓮，瞰新妆、终日凝眸。帘半卷，戴黄花，人在小楼。"盖九日宴侯家园作也。

【肆陆】玉楼春

吴梦窗《玉楼春》云："茸茸狸帽遮梅额。金蝉罗剪胡衫窄。肩舆争看小腰身，倦态强随闲鼓笛。　问称家在城东陌。欲买千金应不惜。归来困顿滞春眠，犹梦婆娑斜趁拍。"深具意态者也。

【肆柒】王实之

王迈，字实之，号臞庵，莆阳人。丁丑第四人及第。刘后村刘克庄赠之词云："天壤王郎，

99

数人物、方今第一。谈笑里，风霆惊坐，云烟生笔。落落元龙湖海气，琅琅董相天人策。"其重之如此。余又见《翰苑新书》刘后村与王实之四六启云："声名早著，不数黄香之无双；科目小低，犹压杜牧之第五。元化孕此五百年之间气，同辈立于九万里之下风。"又云，"朱云折槛，诸公惭请剑之言；阳子哭庭，千载壮裂麻之语。一叶身轻，何去之勇；六丁力尽，而挽不回。有谪仙人骏马名姬之风，无杜少陵冷炙残杯之态。丽人歌陶秀实邮亭之曲，好事绘韩熙载夜宴之图。拥通德而著书，命便了以沽酒"云云。观此，实之盖进则忠鲠，退则豪侠，元龙陈登、太白李白一流人也。可以补史氏之遗。

【肆捌】马庄父

马庄父，字子严，号古洲，建安人。有经学，多论著，填词其馀事也。《草堂》词选其"春游"《归朝欢》一首。馀如《月华清》云："怅望月中仙桂。问窃药佳人，与谁同岁。"《贺圣朝》云："游人拾翠不知远，被子规呼转。"《阮郎归》结句云："三三两两叫船儿，人归春也归。""元夕"词云："玉梅对妆雪柳，闹蛾儿象生娇颤。"可考见杭都节物。

【肆玖】**万俟雅言**

万俟雅言_{万俟咏}精于音律，自号词隐。崇宁中，充大晟府制撰，按月用律进词，故多新声。《草堂》选载其三词及《梅花引》二首而已。其《大声集》多佳者，山谷称之为一代词人。黄玉林_{黄昇}云："雅言之词，发妙音于律吕之中，运巧思于斧凿之外，盖词之圣也。"今约载其二篇，《昭君怨》云："春到南楼雪尽。惊动灯期花信。小雨一番寒。倚阑干。　莫把阑干倚。一望几重烟水。何处是京华，暮云遮。"《卓牌儿》云："东风绿杨天，如画出清明院宇。玉艳淡泊，梨花带月，燕支零落，海棠经雨。单衣怯黄昏，人正在、珠帘笑语。相并戏蹴秋千，共携手，同倚阑干，暗香时度。　翠窗绣户。路缭绕、潜通幽处。断魂凝伫。嗟不似飞絮。闲闷闲愁，难消遣，此日年年意绪。无据。奈酒醒春去。"

【伍〇】**黄玉林**

黄玉林，名昇，字叔旸，有散花庵，人止称花庵云。尝选唐宋词名曰《绝妙词选》，与《草堂诗馀》相出入。今《草堂》词刻本多误字及失名字者，赖此可证。此本世亦罕传，予得录于王吏部相山子名嘉宾。玉林之词附录卷尾，凡四十首。《草堂》词选其二，"南山未解松梢雪"及

"枕铁棱棱近五更"是也。然非其佳者。其《月照梨花》一首云:"昼景。方永。重帘花影。好梦犹酣,莺声唤醒。门外风絮交飞。送春归。 修蛾画了无人问。几多别恨。泪洗残妆粉。不知郎马何处嘶。烟草萋迷鹧鸪啼。"此首有《花间》遗意。又《贺新郎·梅》词云:"自扫梅花下。问梢头、冷蕊疏疏,几时开也?间者阔焉今久矣,多少幽怀欲写。有谁是,孤山流亚。香月一联真绝唱,与诗人千载为嘉话。馀兴味,付来者。 清癯不恋雕阑榭。待与君,白发相欢,竹篱茅舍。喜甚今年无酒禁,溜溜小漕压蔗。已准拟,霜天雪夜。自醉自吟人自笑,任解冠落佩从嘲骂。书此意,寄同社。"此词用文句,入音律而不酸,宋词之体也。其馀若"九日"词:"兰佩秋风冷,茱囊晚露新。""秋怀"词:"月印金枢晓未收。""夜凉"词:"冰雪襟怀,琉璃世界,夜气清如许。""暮春"词:"戏临小草书团扇,自拣残花插净瓶。"又:"夜来能有几多寒,已瘦了梨花一半。""赠丁南邻"云:"待踞龟食蛤,相期汗漫,与烟霞会。"用卢敖事也,见《淮南子》。

[伍壹]评稼轩词

庐陵陈子宏云:蔡光工于词。靖康中,陷虏庭。辛幼安<small>辛弃疾</small>尝以诗词谒之,蔡曰:"子之诗则未也，他日当以词名家。"故稼轩^{辛弃疾}归宋，晚年词笔尤高。尝作《贺新郎》云："绿树听鹈鴂。更那堪杜鹃声住，鹧鸪声切。啼到春归无寻处，苦恨芳菲都歇。算未抵、人间离别。马上琵琶关塞黑，更长门翠辇辞金阙。看燕燕，送归妾。　　将军百战身名裂。向河梁回头万里，故人长绝。易水萧萧西风冷，满座衣冠似雪。正壮士、悲歌未彻。啼鸟还知如许恨，料不啼清泪，长啼血。谁伴我，醉明月。"此词尽集许多怨事，全与李太白^{李白}《拟恨赋》手段相似。又"止醉"《沁园春》云："杯汝前来。老子今朝，点检形骸。甚长年抱渴，咽如焦釜，于今喜溢，气似奔雷。漫说刘伶，古今达者，酒后何妨死便埋。浑如许，叹汝于知己，真少恩哉！　　更凭歌舞为媒。算合作、人间鸩毒猜。况疾无大小，生于所爱，物无美恶，过则为灾。与汝成言，勿留亟退，吾力犹能肆汝杯。杯再拜，道麾之即去，有召须来。"此又如《宾戏》、《解嘲》等作，乃是把做古文手段寓之于词。"赋筑偃湖"云："叠嶂西驰，万马回旋，众山欲东。正惊湍直下，跳珠倒溅，小桥横截。新月初弓。老合投闲，天教多事，检校长身十万松。吾庐小、在龙蛇影外，风雨声中。　　争先见面重重。看爽气，朝来三四峰。似谢家子弟，衣冠磊落，相如庭户，车骑雍容。我觉其间，雄深雅健，如对文章太史公。新堤路，问偃湖何日，烟水濛濛。"且说松而及谢家、相如_{司马相如}、太史公_{司马迁}，自非脱落故常者，未易闯其堂奥。刘改之_{刘过}所作《沁园春》，虽颇似其豪，而未免于粗。近日作词者，惟说周美成_{周邦彦}、姜尧章_{姜夔}，而以东坡_{苏轼}为词诗，稼轩为词论。此说固当，盖曲者曲也，固当以委曲为体。然徒狃于风情婉娈，则亦易厌。回视稼轩所作，岂非万古一清风哉。或云：周、姜晓音律，自能撰词调，故人尤服之。

词品卷五

[壹] 虞美人草

《贾氏谈录》云："褒斜谷中，有虞美人草，状如鸡冠，花叶相对。"《益州草木记》云："雅州名山县出虞美人草，唱《虞美人》曲，应拍而舞。"《酉阳杂俎》云："舞草出雅州。"《益州方物圆赞》："虞作娱。"唐人旧曲云："帐中草草军情变。月下旌旗乱。揽衣推枕怆离情。远风吹下楚歌声。正三更。　乌骓欲上重相顾。艳态花无主。手中莲锷凛秋霜。九泉归去是仙乡。恨茫茫。"宋黄载万和云："世间离恨何时了。不为英雄少。楚歌声起霸图休。玉帐佳人血泪满东流。"玉帐"句据《花草粹编》卷十二补。　葛荒葵老芜城暮。玉貌知何处。至今芳草解婆娑。只有当时魂魄未消磨。"

【贰】并蒂芙蓉词

宋政和癸巳大晟乐成。嘉瑞既生，蔡元长<small>蔡京</small>以晁端礼次膺荐于徽宗。诏乘驿赴阙。次膺至都下，会禁中嘉莲生，异苞合跗，复出天造，人意有不能形容者。次膺效乐府体属词以进，名《并蒂芙蓉》。上览之，称善，除大晟乐府协律郎，不克受而卒。其词云："太液波澄，向鉴中照影，芙蓉同蒂。千柄绿荷深，并丹脸争媚。天心眷临圣日，殿宇分明敞嘉瑞。弄香嗅蕊。愿君王，寿与南山齐比。　池边屡回翠辇，拥群仙醉赏，凭阑凝思。萼绿揽飞琼，共波上游戏。西风又看露下，更结双双新莲子。斗妆竞美。问鸳鸯，向谁留意。"不惟造语工致，而曲名亦新，故录于此。然大臣谀，小臣佞，不亡何俟乎！

【叁】宋徽宗词

宋徽宗北随金虏，后见杏花，作《燕山亭》一词云："裁剪冰绡，轻叠数重，冷淡胭脂凝注。新样靓妆，艳溢香融，羞杀蕊珠宫女。易得凋零，更多少无情风雨。愁苦。闲院落凄凉，几番春暮。　凭寄离恨重重，这双燕何曾，会人言语。天遥地远，万水千山，知他故宫何处？怎不思量，除梦里有时曾去。无据。和梦也，有时不做。"词极凄惋，亦可怜矣。又《在北遇清明日》

诗曰："茸母初生认禁烟_{草名}，无家对景倍凄然。帝城春色谁为主，遥指乡关涕泪连。"又戏作小词云："孟婆孟婆，你做些方便。吹个船儿倒转。"_{孟婆，宋京勾阑语，谓风也。}"茸母"、"孟婆"，正是的对。

【肆】孟婆

俗谓风曰"孟婆"。蒋捷词云："春雨如丝，绣出花枝红袅。怎禁他孟婆合早。"宋徽宗词云："孟婆好做些方便。吹个船儿倒转。"江南七月间有大风，甚于舶趠，野人相传以为孟婆发怒。按北齐李騊駼聘陈，问陆士秀："江南有孟婆，是何神也？"士秀曰："《山海经》，帝之二女游于江中，出入必以风雨自随。以帝女，故曰孟婆。犹《郊祀志》以地神为泰媪。"此言虽鄙俚，亦有自来矣。

【伍】忆君王

徽宗被虏北行，谢克家作《忆君王》词云："依依宫柳拂宫墙。宫殿无人春昼长。燕子归来依旧忙。忆君王。月照黄昏人断肠。"忠愤之气，寓于声律，宜表出之，其调即《忆王孙》也。

【陆】陈敬叟

陈敬叟，名以庄，号月溪。有《水龙吟》

一首，自注："记钱塘之恨。"盖谢太后随北虏去
事也。其词曰："晚来江阔潮平，越船吴榜催人
去。稽山滴翠，胥涛溅恨，一襟离绪。访柳章
台，问桃仙囿，物华如故。向秋娘渡口，泰娘
桥畔，依稀是、相逢处。　　窈窕青门紫曲，旧罗
衣、新番金缕。仙音恍记，轻拢慢捻，哀弦危
柱。金屋难成，阿娇已远，不堪春暮。听一声杜
宇，红殷丝老，雨花风絮。"是时谢太后年七十
馀，故有"金屋阿娇，不堪春暮"之句。又以秋
娘、泰娘比之，盖惜其不能死也。有愧于苻登之
毛氏、窦建德之曹氏多矣。同时孟鲠有《折花
怨》云："匆匆杯酒又天涯。晴日墙东叫卖花。
可惜同生不同死，却随春色去谁家。"鲍幰亦有诗
云："生死双飞亦可怜，若为白发上征船。未应分
手江南去，更有春光七十年。"噫！妇人不足责。
误国至此者，秦桧、贾似道可胜诛哉！

陈刚中词

　　天台陈刚中孚在燕，端阳日当母诞，作《太
常引》二首云："彩丝堂敞簇兰翘。记生母、在
今朝。无地捧金蕉。奈烟水、龙沙路遥。　　碧天
迢递，白云何处，急雨潇潇。万里梦魂销。待飞
逐、钱塘夜潮。"其二："短衣孤剑客乾坤。奈无
策、报亲恩。三载隔晨昏。更疏雨、寒灯断魂。　　赤

108

城霞外，西风鹤发，犹想倚柴门。蒲醑漫盈樽。倩谁写、青衫泪痕。"时为编修云。

【捌】惜分钗

吕圣求_{吕渭老}《惜分钗》一词云："春将半。莺声乱。柳丝拂马花迎面。小堂风。暮楼钟。草色连云，暝色连空。重重。　秋千畔。何人见。宝钗斜照春妆浅。酒霞红。与谁同？试问别来，近日情悰。忡忡。"此词妙在足韵。

【玖】邹志完陈莹中词

《复斋漫录》云：邹志完徙昭，陈莹中贬廉，间以长短句相谐乐。"有个胡儿模样别。满颔髭须，生得浑如漆。见说近来头也白。髭须那得长长黑。_{逸一句。}镊子摘来，须有千茎雪。莫向细君容易说。恐他嫌你将伊摘。"此莹中语，谓志完之长髭也。"有个头陀修苦行，头上头发掺掺。身披一副黥裙衫。紧缠双脚，苦苦要游南。　闻说度牒一朝到，并除颔下髭髯。钵中无粥住无庵。摩登伽处，只恐却重参。"此志完语，谓莹中之多欲也。广陵马推官往来二公间，亦尝以诗词赠之。"有才何事老青山。十载低回北斗南。肯伴雪髯千日醉，此心真与古人参。""不见故人今几年。年来风物尚依然。遥知闲望登临处，极目

【词品卷五】

江湖万里天。"志完语也。"一樽薄酒。满酌劝君君举手。不是朋亲。谁肯相从寂寞滨？　人生似梦。梦里惺惺何处用。盏倒休辞。醉后全胜未醉时。"莹中语也。初，志完自元符间贬新州。徽宗即位，以中书舍人召。未几，谪零陵别驾，龙水安置。未几，徙昭焉。

[壹〇] 词谶

《复斋漫录》云：邓肃谓余曰：宣和五年，初复九州，天下共庆，而识者忧之也。都下盛唱小词云："喜则喜得入手。愁则愁不长久。欢则欢我两个厮守。怕则怕人来破斗。"虽三尺之童皆歌之，不知何谓也。七年，九州复陷，岂非不长久也。郭药师，契丹之帅也，我用以守疆。启敌国祸者郭尔，非破斗之验耶？

[壹壹] 无名氏扑蝴蝶词

苕溪渔隐胡仔曰：旧词高雅，非近世所及。如《扑蝴蝶》一词，不知谁作，非惟藻丽可喜，其腔调亦自婉美。词云："烟条雨叶，绿遍江南岸。思归倦客，寻芳来较晚。岫边红日初斜，陌上花飞正满。凄凉数声羌管。　怨春短。玉人应在，明月楼中画眉懒。蛮笺锦字，多少鱼雁断。恨随去水东流，事与行云共远。罗衾旧香犹暖。"

【壹贰】曹元宠词

苕溪渔隐^{胡仔}曰：曹元宠本善作词，特以《红窗迥》戏词盛行于世，遂掩其名。如"望月"《婆罗门》一词，亦岂不佳？词云："涨云暮卷，漏声不到小帘栊。银河淡扫澄空。皓月当轩高挂，秋入广寒宫。正金波不动，桂影朦胧。　佳人未逢。叹此夕与谁同。望远伤怀对影，霜满秋红。南楼何处，想人在长笛一声中。凝泪眼、立尽西风。"此词语病，在"霜满秋红"之句，时太早尔。曾端伯编《雅词》，乃以此为杨如晦作，非也。

【壹叁】王采渔家傲词

《复斋漫录》云：王采辅道，观文韶子也。徽宗朝，妄奏天神降于家，卒以此受祸。人以其父熙河妄杀之报尔。尝为《渔家傲》词云："日月无根天不老。浮生总被消磨了。陌上红尘常扰扰。昏复晓。一场大梦谁先觉？　洛水东流山四绕。路傍几个新华表。见说在时官职好。争信道。冷烟寒雨埋荒草。"

【壹肆】洪觉范浪淘沙

《冷斋夜话》云：予留南昌，久而忘归。独行无侣，意绪萧然。偶登秋屏阁望西山，于是浩然有归志，作长短句寄意。其词曰："城里久偷闲。尘浣云衫。此身已是再眠蚕。隔岸有山归去好，万壑千岩。　　霜晓更凭阑。灭尽晴岚。微云生处是茅庵。试问此生谁作伴，弥勒同龛。"

【壹伍】洪觉范禅师赠女真词

《复斋漫录》云：临川距城南一里，有观曰魏坛，盖魏夫人经游之地，具诸颜鲁公之碑。以故诸女真嗣续不绝，然而守戒者鲜矣。陈虚中崇宁间守临川，为诗曰："夫人在兮若冰雪，夫人去兮仙迹灭。可惜如今学道人，罗裙带上同心结。"洪觉范尝以长短句赠一女真云："十指嫩抽春笋，纤纤玉软红柔。人前欲展强娇羞。微露云衣霓袖。　　最好洞天春晚，黄庭卷罢清幽。凡心无计奈闲愁。试捻花枝频嗅。"

【壹陆】钱思公词

《侍儿小名录》云：钱思公谪汉东日，撰《玉楼春》词曰："城上风光莺语乱。城下烟波春拍岸。绿杨芳草几时休，泪眼愁肠先已断。　　情怀渐变成衰晚。鸾镜朱颜惊暗换。往年多病厌芳樽，今日芳樽惟恐浅。"每酒阑歌之，则泣下。后阁有白发姬，乃邓王歌鬟惊鸿也。遽言："先王将薨，预戒挽铎中歌《木兰花》引绋为送。今相公亦将亡乎？"果薨于随州。邓王旧曲亦尝有

112

"帝乡烟雨锁春愁，故国山川空泪眼"之句。

[壹柒] 刘后村

刘克庄，字潜夫，号后村。有《后村别调》一卷，大抵直致近俗，效稼轩 _{辛弃疾} 而不及也。"梦方孚若"《沁园春》云："何处相逢，登宝钗楼，访铜雀台。唤厨人斫就，东溟鲸鲙，圉人呈罢，西极龙媒。天下英雄，使君与操，馀子谁堪共酒杯！车千乘，载燕南代北，剑客奇材。 饮酣画鼓如雷。谁信被、晨鸡催唤回。叹年光过尽，功名未立，书生老去，机会方来。使李将军，遇高皇帝，万户侯、何足道哉！推衣起，但凄凉感旧，慷慨生哀。"举一以例，他词类是。其"咏菊"《念奴娇》后段云："尝试铨次群芳，梅花差可，伯仲之间耳。佛说诸天金色界，未必庄严如此。尚友灵均，定交元亮，结好天随子。篱边坡下，一杯聊泛霜蕊。"亦奇甚。"送陈子华帅真州"云："记得太行兵百万，曾入宗爷驾御。今把做、握蛇骑虎。堪笑书生心胆怯，向车中闭置如新妇。空目送，孤鸿去。"庄语亦可起懦。"旅中"《浪淘沙》云："纸帐素屏遮。全似僧家。无端霜月闯窗纱。惊起玉关征戍梦，几叠寒笳。岁晚客天涯。鬓发苍华。今年衰似去年些。诗酒近来都减价，孤负梅花。"见《天机馀锦》。

【壹捌】刘伯宠

刘伯宠，名褒，一字春卿，其词多俊语。"元夕"云："金猊戏掣星桥锁。""绛纱万炬，玉梅千朵。羯鼓喧空，鹍弦沸晓，樱梢微破。""春日旅况"云："遗策谁家，荡子唾花，何处新妆。""流红有恨，拾翠无心，往事凄凉。""红泪不胜闺怨，白云应老他乡。""送别云"："红枕臂香痕未落，舟横岸、作计匆匆。""愁如织，断肠啼鸩，饶舌诉东风。"

【壹玖】刘叔安

刘叔安，名镇，号随如。"元夕"《庆春泽》一首入《草堂》选。又有《阮郎归》云："寒阴漠漠夜来霜。阶庭风叶黄。归鸦数点带斜阳。谁家砧杵忙？　灯弄幌，月侵廊。熏笼添宝香。小屏低枕怯更长。和云入醉乡。"亦清丽可诵。其"咏茉莉"云："月浸阑干天似水，谁伴秋娘窗户。"评者以为不言茉莉，而想像可得，他花不能承当也。又"春宴"云："庭花弄影，一帘香月娟娟。"有富贵蕴藉之味。"饯元宵"、"饯春"二词皆奇，南渡填词巨工也。

【贰〇】施乘之

施乘之，号枫溪。"野外元夕"云："休言冷

114

落山家，山翁本厌繁华。试问莲灯千炬，何如月上梅花。"高情可想也。

[贰壹] 戴石屏

戴石屏，名复古，字式之，能诗，"江湖四灵"之一也。词一卷，惟"赤壁怀古"《满江红》一首，句有："万炬临江貔虎噪，千艘烈炬鱼龙舞。""几度东风吹世换，千年往事随潮去。"而全篇不称。《临江仙》一首差可。见予所选《百琲明珠》。馀无可取者。方虚谷 <small>方回</small> 议其胸中无百字成诵书故也。

[贰贰] 张宗瑞

张宗瑞，鄱阳人，号东泽，词一卷，名《东泽绮语》。读其词，皆倚旧腔，而别立新名，亦好奇之过也。《草堂》词选其《疏帘淡月》一篇，即《桂枝香》也。予爱其《垂杨碧》一篇，即《谒金门》。其词云："花半湿。睡起一窗晴色。千里江南空咫尺。醉中归梦直。　前度兰舟送客。双鲤沉沉消息。楼外垂杨如许碧。问春来几日？"

[贰叁] 李公昴

李公昴 <small>当是李俊明</small>，名昴英，号文溪，资州盘石^{当是番禺}人。"送太守"词"有脚艳阳难驻"一词得名。然其佳处不在此。文溪全集，予家有之。其《兰陵王》一首绝妙，可并秦^{秦观}、周^{周邦彦}。其词云："燕穿幕。春在深深院落。单衣试，龙沫旋熏，又怕东风晓寒薄。别来情绪恶。瘦得腰围柳弱。清明近，正似海棠，怯雨芳疏任飘泊。 钗留去年约。恨易老娇莺，多误灵鹊。碧云杳杳天涯各。望不断芳草，又迷香絮，回文强写字屡错。泪欲注还阁。 孤酌。信春脚。更彩局谁欢，宝轸慵学。阶除拾取飞花嚼。是多少春恨，等闲吞却。猛拍阑干，叹命薄，悔旧诺。"

[贰肆] 陆放翁

放翁^{陆游}词纤丽处似淮海^{秦观}，雄慨处似东坡^{苏轼}。其"感旧"《鹊桥仙》一首："华灯纵博，雕鞍驰射，谁记当年豪举。酒徒一半取封侯，独去作、江边渔父。 轻舟八尺，低蓬三扇，占断蘋洲烟雨。镜湖元自属闲人，又何必、官家赐与。"英气可掬，流落亦可惜矣。其"坠鞭京洛，解佩潇湘"、"欲归时，司空笑问，渐近处，丞相嗔狂"，真不减少游^{秦观}。

[贰伍] 张东父

张震，字东父，号无隐居士，蜀之益宁人

也。孝宗朝为谏官，有直声。孝宗称其知无不言，言无不当。光宗朝以数直言去位。时称"王十朋去，省为之空。张震去，台为之空"。一代名臣也，而其词婉媚风流，乃知赋梅花者，不独宋广平宋璟也。其《蓦山溪》"青梅如豆"一首，《草堂》入选，而失其名字。

[贰陆]天风海涛

赵汝愚《题鼓山寺》云："几年奔走厌尘埃，此日登临亦快哉。江月不随流水去，天风常送海涛来。"朱晦翁摘诗中"天风"、"海涛"字题扁，人不知其为赵公诗也。严次山有《水龙吟》题于壁云："飚车飞上蓬莱，不须更跨琴高鲤。翛然长啸，天风澒洞，云涛无际。我欲乘桴，从兹浮海，约任公起。办虹竿千丈，辖钩五十，亲点对、连鳌饵。　谁榜佳名空翠。紫阳仙去骑箕尾。银钩铁画，龙拿凤矗，留人间世。更忆东山，哀筝一曲，洒沾襟泪。到而今，幸有高亭遗爱，寓甘棠意。"此词前段言江山景，后段"紫阳仙去"指朱文公，"东山"、"甘棠"指赵公也。赵诗、朱字、严词，可谓三绝。特记于此。

[贰柒]刘篔嵘

刘圻父，字子寰，号篔嵘。早登朱文公之

117

门，居麻沙，有文集行世。其《玉楼春》云：
"今来古往长安道。岁岁荣枯原上草。行人几度
到江滨，不觉身随枫树老。　蒲花易晚芦花早。
客里光阴如过鸟。一般垂柳短长亭，去路不如归
路好。"颇有警悟。"观泉"二句云："静坐时看
松鼠饮，醉眠不碍山禽浴。"亦新。

[贰捌] 刘德修

刘光祖，字德修，号后溪，蜀之简州人。有
《鹤林文集》，小词附焉。其《醉落魄》云："春
风开者。一时还共春风谢。柳条送我今槐夏。不
饮香醪，孤负人生也。　曲塘泉细幽琴写。胡床
滑簟应无价。日迟睡起帘钩挂。何不归与，花竹
秀而野。"

[贰玖] 潘庭坚

潘牥，字庭坚，号紫岩，乙未何槖榜及第
第三人，美姿容。时有谚云"状元真何郎，榜眼
真郭郎，探花真潘郎"也。庭坚以气节闻于时，
词止《南乡子》一首，《草堂》所选是也。首句
"生怕倚阑干"，今本"生"误作"我"。

[叁〇] 魏了翁

魏了翁，字华父，号鹤山，邛州人。庆元

己未第二人及第。与真西山^{真德秀}齐名，道学宗派，词不作艳语。长短句一卷，皆寿词也。《菩萨蛮》"寿范靖倅"云："东窗五老峰前月。南窗九叠坡前雪。推出侍郎山。著君窗户间。　　《离骚》乡里住。却记庚寅度。挹取芷兰芳。酌君千岁觞。"又《鹧鸪天》"寿范靖州"云："谁把璇玑运化工。参旗又挂玉梅东。三三律琯声馀亥，九九元经卦起中。"又《水调歌头》云："玉围腰，金系肘，绣笼鞍。"宋代寿词，无有过之者。

吴毅甫，名潜，号履斋，嘉定丁丑状元。为贾似道所陷，南迁。有《履斋诗馀》行世。有"送李御带祺"一词："报国无门空自怨，济时有策从谁吐。"亦自道也。李祺号竹湖，亦当时名士。所著有《春秋王霸列国分纪》，予得之于市肆，故书中乃为传之，亦奇事也。并附见。

【叁贰】履斋赠妓词

吴履斋^{吴潜}有"赠建宁妓女"《贺新郎》词，集中不载，见于小说，今录于此："可意人如玉。小帘栊，轻匀淡伫，道家装束。长恨春归无寻处，全在波明黛绿。看冶叶倡条非俗。比似江梅清有韵，更临风对月斜依竹。看不足，咏不

119

足。　　曲屏半掩青山簇。正轻寒，夜永花睡，半敧残烛。缥缈九霞光里梦，香在衣裳剩馥。又只恐、铜壶声促。试问送人归去后，对一衾、花影垂金粟。肠易断，恨难续。"

[叁叁] 向丰之

向丰之，号乐斋，有《如梦令》一词云："谁伴明窗独坐？我和影儿两个。灯尽欲眠时，影也把人抛躲。无那。无那。好个凄惶的我。"词似俚而意深，亦佳作也。

[叁肆] 毛开

毛开小词一卷，惟予家有之。其《满江红》云："泼火初收，秋千外，轻烟漠漠。春渐远，绿杨芳草，燕飞池阁。已著单衣寒食后，夜来还是东风恶。对空山寂寂杜鹃啼，梨花落。　　伤别恨，闲情作。十载事，惊如昨。向花前月下，共谁行乐。飞盖低迷南苑路，湔裙怅望东城约。但老来、憔悴惜春心，年年觉。"此作亦佳，聊记于此。

[叁伍] 蓦山溪

葛鲁卿 葛胜仲 有《蓦山溪》一曲，咏天穿节郊射也。宋以前，以正月二十三日为天穿节。相传云：女娲氏以是日补天，俗以煎饼置屋上，名曰补天穿。今其俗废久矣。词云："春风野外，卵色天如水。鱼戏舞绡纹，似出听、新声北里。追风骏足，千骑卷高门。一箭过，万人呼，雁落寒空里。天穿过了，此日名穿地。横石俯清波，竞追随、新年乐事。谁怜老子，使得纵遨游，争捧手，共凭肩，夹路游人醉。"词不甚工，而事奇，故拈出之。"卵色天"用唐诗"残霞蘼水鱼鳞浪，薄日烘云卵色天"之句。东坡苏轼诗亦云："笑把鸱夷一杯酒，相逢卵色五湖天。"今刻苏诗不知出处，改卵色为柳色，非也。《花间词》"一方卵色楚南天"，注以"卵"为"泖"，亦非。

[叁陆]张即之书莫崀词

"听春教燕颦莺诉。朝朝花困风雨。六桥忘却清明后，碧尽柳丝千缕。蜂蝶侣。正闲觅，闲花闲草闲歌舞。最怜西子，尚薄薄云情，盈盈波泪，点点旧眉妩。　　流红记，空泛秋宫怨句。才色何处娇妒。落红无限随风絮。诗恨有谁曾遇。堪恨处。恨二十四番花信催花去。东君暗苦。更多嘱多情，多愁杜宇，多诉断肠语。"此宋人莫崀之词，张即之书，孙生显祖家藏。墨迹如新，而字极怪。录其词如此。即之号樗寮，莫崀号若山。

［叁柒］写词述怀

扶风马大夫作词述怀，声寄《满庭芳》云：
"雪点疏髯，霜侵衰鬓，去年犹胜今年。一回老
矣，堪叹又堪怜。思昔青春美景，无非是、月
下花前。谁知道，金章紫绶，多少事忧煎。　　侵
晨。骑马出，风初暴横，雨又凄然。想山翁野
叟，正尔高眠。更有红尘赤日，也不到、松下林
边，如何好，吴淞江上，闲了钓鱼船。"大夫名
晋，字孟昭，尝为仕宦。

［叁捌］岳珂祝英台近词

岳珂"北固亭"《祝英台近》词云："淡烟
横、层雾敛。胜概分雄占。月下鸣榔，风急怒涛
飐。关河无限清愁，不堪临槛。正双鬓，秋风尘
染。　　漫登览。极目万里沙场，事业频看剑。古
往今来，南北限天堑。倚楼谁弄新声，重城门正
掩。历历数、西州更点。"此词感慨忠愤，与辛幼
安辛弃疾"千古江山"一词相伯仲。

［叁玖］苏雪坡赠杨直夫词

苏雪坡赠杨直夫名栋，青神人。词云："允
文事业从容了。要岷峨人物，后先相照。见说君
王曾有问，似此人才多少。况蜀珍、先已登廊
庙。但侧耳，听新诏。"此姚勉词，勉号雪坡，杨慎误作苏雪

坡。按小说：高宗曾问马骐曰："蜀中人才如虞允
文者有几？"骐对曰："未试焉知，允文亦试而后
知也。"苏与杨、马皆蜀人。杨在眉山为甲族。直
夫之妹通经学，比于曹大家。嫁虞氏，生虞集，
为巨儒。其学无师，传于母氏也。此事蜀人亦罕
知，故著之。马骐，南郡人，涓之孙。

【肆〇】庆乐园词

庆乐园，韩侂胄之南园也。张叔夏著《高
阳台》词云："古木迷鸦，虚堂起燕，欢游转眼
惊心。南圃东窗，酸风扫尽芳尘。鬒貂飞入平原
草，最可怜、浑是秋阴。夜沉沉，不信归魂，不
到花深。　吹箫踏叶幽寻去，任船依断石，岫裹
寒云。老桂悬香，珊瑚碎击无音。故园已是愁如
许，抚残碑、又却伤今。更关情，秋水人家，斜
照西林。"

【肆壹】咏云词讥史弥远

弥远_{史弥远}之比周于杨后也，出入宫禁，外议
甚哗。有人作"咏云词"讥之云："往来与月为
俦，舒卷和天也蔽。"宋人言其本朝家法最正，母
后最贤，至杨后则荡然矣。

【肆贰】赵从橐寿贾似道陂塘柳

赵从橐《陂塘柳》云："指庭前翠云含雨。霏霏香满仙宇。一清透彻浑无底，秋水也无流处。君试数。此样襟怀，顿得乾坤住。闲情半许。听万物氤氲，从来形色，每向静中觑。　琪花路。相接西池寿母。年年弦月时序。荷衣菊佩寻常事，分付两山容与。天证取。此老平生，可向青天语。瑶卮缓举。要见我何心，西湖万顷，来去自鸥鹭。"

【肆叁】贾似道壁词

似道贾似道遭贬，时人题壁云："去年秋。今年秋。湖上人家乐复忧。西湖依旧流。　吴循州。贾循州。十五年间一转头。人生放下休。"此语视雷州寇司户之句尤警。吴循州吴潜谓履斋之贬，乃贾挤之也。

【肆肆】刘须溪

须溪刘辰翁"元宵雨"词云："角动寒谯。看雨中灯市，雪意萧萧。星球明戏马，歌管杂鸣刁。泥没膝，舞停腰。焰蜡任风飘。更可怜，红啼桃脸，绿颊杨桥。　当年乐事朝朝。曾锦鞍呼妓，金屋藏娇。围香春醉酒，坐月夜吹箫。今老去，倦歌谣。嫌杀杜家乔。漫三杯、拥炉觅句，断送春宵。"以《意难忘》按之，可歌也。

詹天游以艳词得名，见诸小说。其"送童瓮天兵后归杭"《齐天乐》云："相逢唤醒京华梦，胡尘暗斑吟发。倚担评花，认旗沽酒，历历行歌奇迹。吹香弄碧。有坡柳风情，逋梅月色。画鼓江船，满湖春水断桥客。　当时何限俊侣，甚花天月地，人被云隔。却载苍烟，更招白鹭，一醉修江又别。今回记得。再折柳穿鱼，赏梅催雪。如此湖山，忍教人更说。"此伯颜破杭州之后也。观其词全无黍离之感，桑梓之悲，而止以游乐言。宋末之习，上下如此，其亡不亦宜乎。童瓮天失其名氏，有《瓮天脞语》一卷传于今云。天游又有"清平调"云："醉红宿翠。髻軃乌云坠。管甚夜来不得睡。那更今朝早起。　东风满搦腰肢。阶前小立多时。却恨一番新雨，想应湿透鞋儿。"盖咏妓诉状立厅下也。又见《石次仲集》。

金人乐府称邓千江《望海潮》为第一。其词云："云雷大堑，金汤地险，名潘自古皋兰。营屯绣错，山形米聚，喉襟百二秦关。鏖战血犹殷。见阵云冷落，时有雕盘。静塞楼头，晓月依旧玉弓弯。　　看看定远西还。有元戎阃令，上将斋坛。区脱昼空，兜零夕举，甘泉又报平安。吹笛虎牙间。且宴陪珠履，歌按云鬟。来招英灵醉魄，长绕贺兰山。"此词全步骤沈公述 沈唐"上王君贶"一首，今录于此："山光凝翠，川容如画，名都自古并州。箫鼓沸天，弓刀似水，连营百万貔貅。金骑走长楸。少年人，一一锦带吴钩。路入榆关，雁飞汾水正宜秋。　　近思昔日风流。有儒将醉吟，才子狂游。松偃旧亭，城高故国，空留舞榭歌楼。方面倚贤侯。便恐为霖雨，归去难留。好向西溪，恣携弦管宴兰舟。"然千江之词，繁缛雄壮，何啻十倍过之，不止出蓝而已。

【肆柒】王予可

王予可，金明昌时人。或传其仙去，事不可知。其《生查子》云："夜色明河净，好风来千里。水殿谪仙人，皓齿清歌起。　　前声金罍中，后声银河底。一夜岭头云，绕遍楼前水。"词之飘逸高妙如此，固谪仙 李白之流亚也。

【肆捌】滕玉霄

元人工于小令套数，而宋词又微。惟滕玉霄 滕宾集中，填词不减宋人之工。今略记其《百字令》一首云："柳颦花困。把人间恩怨，樽前

126

倾尽。何处飞来双比翼，直是同声相应。寒玉嘶风，香云卷雪，一串骊珠引。元郎去后，有谁着意题品？　谁料浊羽清商，繁弦急管，犹自馀风韵。莫是紫鸾天上曲，两两玉童相并。白发梨园，青衫老傅，试与留连听。可人何处，满庭霜月清冷。"玉霄又有"赠歌童阿珍"《瑞鹧鸪》云："分桃断袖绝嫌猜。翠被红裩兴不乖。洛浦乍阳新燕尔，巫山行雨左风怀。　手携襄野便娟合，背抱齐宫婉娈谐。玉树庭前千载曲，隔江唱罢月笼阶。"盖郑樱桃《解红儿》之流也，用事甚工。予同年吴学士仁甫喜诵之。

【肆玖】牧庵词

姚牧庵_{姚燧}《醉高歌》词云："十年燕月歌声。几点吴霜鬓影。西风吹起鲈鱼兴。已在桑榆暮景。　荣枯枕上三更。傀儡场中四并。人生幻化如泡影。几个临危自省。"牧庵一代文章巨公，此词高古，不减东坡_{苏轼}、稼轩_{辛弃疾}也。

【伍〇】元将填词

元将纥石烈子仁《上平南》词云："蛮锋摇，螳臂振，旧盟寒。恃洞庭，彭蠡狂澜。天兵小试，万蹄一饮楚江乾。捷书飞上九重天。春满长安。　舜山川，周礼乐，唐日月，汉衣冠。洗五州妖气关山。已平全蜀，风行何用一泥丸？有人传喜，日边都护先还。"此亦黠虏也。天欲戕我中国人，乃生此种，反指中国为妖气也耶。非我皇明一汛扫之，天柱折而地维陷矣。

[伍壹] 江西烈女词

戴石屏^{戴复古}薄游江西，有富翁以女妻之。留三年，一日思归。询其所以，告以曾娶。妻以白其父，父怒。妻宛曲解之，尽以嫁奁赠之，仍饯之以词，自投江而死。其词云："惜多才，怜薄命，无计可留汝。揉碎花笺，仍写断肠句。道傍杨柳依依，千丝万缕，抵不住、一分愁绪。　捉月盟言，不是梦中语。后回君若重来，不相忘处，把杯酒浇奴坟土。"呜呼！石屏可谓不仁不义之甚矣。既诳良人女为妻，三年兴尽而弃之；又受其奁具，而甘视其死。俗有谑词云："孙飞虎好色，柳盗跖贪财，这贼牛两般都爱。"石屏之谓与？出《桂苑丛谈》，冯翊子伏著。

128

词品卷六

[壹] 八咏楼

沈休文^{沈约}《八咏诗》语丽而思深，后人遂以名楼，照映千古。近时赵子昂^{赵孟頫}、鲜于伯机^{鲜于枢}诗词颇胜。赵诗云："山城秋色静朝晖，极目登临未拟归。羽士曾闻辽鹤语，征人又见塞鸿飞。西流二水玻璃合，南去千峰紫翠围。如此溪山良不恶，休文何事不胜衣。"鲜于《百字令》云："长溪西注，似延平双剑，千年初合。溪上千峰明紫翠，放出群龙头角。潇洒云林，微茫烟草，极目春洲阔。城高楼迥，恍然身在寥廓。　我来阴雨兼旬，滩声怒起，日日东风恶。须待青天明月夜，试严维佳作。风景不殊，溪山信美，处处堪行乐。休文何事，多病年年如削。"二作结句略同，稍含微意，不专为咏景发，予故取而著之也。

129

【贰】杜伯高三词

杜旟，字伯高，《兰亭诗》为世所传，乐府亦佳。《酹江月·赋石头城》云："江山如此，是天开万古，东南王气。一自髯孙横短策，坐使英雄鹊起。玉树声消，金莲影散，多少伤心事。千年辽鹤，并疑城郭非是。　当日万驷云屯，潮生潮落处，石头孤峙。人笑褚渊今齿冷，只有袁公不死。斜日荒烟，神州何在，欲堕新亭泪。元龙老矣，世间何限馀子。"《摸鱼儿·湖上赋》云："放扁舟，万山环处，平铺碧浪千顷。仙人怜我征尘久，借与梦游清枕。风乍静，望两岸群峰，倒浸玻璃影。楼台相映。更日薄烟轻，荷花似醉，飞鸟堕寒镜。中都内，罗绮千街万井。天教此地幽胜。仇池仙伯今何在，堤柳几眠还醒。君试问，问此意、只今更有何人领。功名未竟。待学取鸱夷，仍携西子，来动五湖兴。"《蓦山溪·赋春》云："春风如客，可是繁华主。红紫未全开，早绿遍江南千树。一番新火，多少倦游人，纤腰柳，不知愁，犹作风前舞。　小阑干外，两两幽禽语。问我不归家，有佳人天寒日暮。老来心事，唯只有春知，江头路，带春来，更带春归去。"

"问"字据《词综》补。

【叁】徐一初登高词

徐一初"登高"《摸鱼儿》词："对茱萸、一

年一度，龙山今在何处？参军莫道无勋业，消得
从容樽俎。君看取。便破帽、飘零也传名千古。
当年幕府。知多少时流，等闲收拾，有个客如
许！　追往事，满目山河晋土。征鸿又过边羽。
登临莫苦高层望，怕见故宫禾黍。觞绿醑。浇万
斛牢愁，泪阁新亭雨。黄花无语。毕竟是西风，
朝来披拂，犹识旧时主。”亦感慨之词也。

【肆】南涧词

韩南涧韩元吉《题采石蛾眉亭》词云：“倚天
绝壁。直下江千尺。天际两蛾横黛，愁与恨，几
时极。暮潮风正急。酒阑闻塞笛。试问谪仙何
处？青山外，远烟碧。”此《霜天晓角》调也，未
有能继之者。

【伍】高竹屋苏堤芙蓉词

高竹屋高观国“咏苏堤芙蓉”《菩萨蛮》词：
“红云半压秋波急。艳妆泣露啼娇色。幽梦入仙
城，风流石曼卿。　宫袍呼醉醒。休卷西风锦，
明月粉香残。六桥烟水寒。”

【陆】念奴娇祝英台近

德祐乙亥，太学生作《念奴娇》云：“半堤
花雨。对芳辰消遣，无奈情绪。春色尚堪描画

在，万紫千红尘土。鹃促归期，莺收佞舌，燕作留人语。绕阑红药，韶华留此孤主。　真个恨杀东风，几番过了，不似今番苦。乐事赏心磨灭尽，忽见飞书传羽。湖水湖烟，峰南峰北，总是堪伤处。新塘杨柳，小桥犹自歌舞。"又《祝英台近》云："倚危阑，斜日暮。蓦蓦甚情绪。稚柳娇黄，全未禁风雨。春江万里云涛，扁舟飞渡。那更塞鸿无数。　欢离阻。有恨落天涯，谁念孤旅。满目风尘，冉冉如飞雾。是何人惹愁来，那人何处？怎知道、愁来又去！"

[柒] 文山和王昭仪满江红词

王昭仪 王清惠 之词，传播中原。文天祥读至末句，叹曰："惜也！夫人于此少商量矣。"为之代作一篇云："试问琵琶，胡沙外、怎生风色？最苦是，姚黄一朵，移根仙阙。王母欢阑琼宴罢，仙人泪满金盘侧。听行宫、半夜雨淋铃，声声歇。　彩云散，香尘灭。铜驼恨，那堪说。想男儿慷慨，嚼穿龈血。回首昭阳离落日，伤心铜雀迎新月。算妾身不愿似天家，金瓯缺。"又和云："燕子楼中，又捱过、几番秋色。相思处，青年如梦，乘鸾仙阙。肌玉暗消衣带缓，泪珠斜透花钿侧。最无端、蕉影上窗纱，青灯歇。　曲池合，高台灭。人间事，何堪说。向南阳阡上，满襟清血。

世态便如翻覆雨，妾身元是分明月。笑乐昌一段好风流，菱花缺。"附王昭仪词："太液芙蓉，浑不是、旧时颜色。曾记得，恩承雨露，玉楼金阙。名播兰簪妃后里，晕潮莲脸君王侧。忽一朝鼙鼓揭天来，繁华歇。　　龙虎散，风云灭。千古恨，凭谁说。对山河百二，泪沾襟血。驿馆夜惊尘土梦，宫车晚碾关山月。愿嫦娥、相顾肯相容，随圆缺。"

[捌]徐君宝妻词

岳州徐君宝妻某氏，被虏来杭，居韩蕲王^{韩世忠}府。自岳至杭，自从数千里。其主者数欲犯之，而终以巧计脱。盖某氏有令姿，主者弗忍杀之也。一日，主者甚怒，将即强焉。因告曰：俟妾祭谢先夫，然后乃为君妇不迟也，君奚怒焉。主者喜诺。某氏乃焚香再拜默祝，南向饮泣，题《满庭芳》一词于壁上。书已，投大池中以死。词云："汉上繁华，江南人物，尚遗宣政风流。绿窗朱户，十里烂银钩。一旦刀兵齐举，旌旗拥、百万貔貅。长驱入、歌楼舞榭，风卷落花愁。清平，三百载，典章人物，扫地都休。幸此身未北，犹客南州。破鉴徐郎何在，空惆怅、相见无由。从今后，断魂千里，夜夜岳阳楼。"

傅按察鸭头绿

元时有傅按察者，尝作《鸭头绿》一词悼
宋云："静中看。记昔日淮山隐隐，宛若虎踞龙
盘。下樊襄，指挥湘汉，鞭云骑、围绕江干。势
不成三，时当混一，过唐之数不为难。陈桥驿，
孤儿寡妇，久假当还。　　挂征帆。龙舟催发，紫
宸初卷朝班。禁庭空，土花晕碧；辇路悄，诃喝
声乾。纵馀得、西湖风景，花柳亦凋残。去国
三千，游仙一梦，依然天淡夕阳间。昨宵也，一
轮明月，还照临安。"

【壹〇】杨复初南山词

杨复初筑室南山，以村居为号。凌彦翀以
《渔家傲》词寿之云："采芝步入南山道。山深
宛似蓬莱岛。闻说村居诗思好。还被恼。苍苔
满地无人扫。　　载酒亭前松合抱。客来便许同倾
倒。玉兔已将灵药捣。秋意早。月华长似人难
老。"复初和词云："当时承望求仙道。那知薄命
如郊岛。留得残生犹自好。多懊恼。尘缘俗虑何
时扫。　　子已成童无用抱。醉眠任使和衣倒。今
岁砧声秋未捣。凉风早。看来只恐中年老。"瞿宗
吉〔瞿佑〕和词云："喜来不涉邯郸道。愁来不窜沙门
岛。惟有村居闲最好。无事恼。苔阶竹径频频扫。
有酒可斟琴可抱。长年拟看三松倒。臼内灵砂亲自

捣。归隐早。朝来未放玄真老。"宗吉既和此词，而复序云："旧谱皆以仄声起，欧公呼范文正为'穷塞主'，首句所谓'塞上秋来'者，正此格也。他如王荆公王安石之'平岸小桥千嶂抱'，周清真周邦彦之'几日春阴寒侧侧'，谢无逸谢逸之'秋水无痕清见底'，张仲宗张元幹之'钓笠披云青嶂绕'，亦皆如是。今二公皆以平声易之，特著此，以俟知音尔。"

〔壹壹〕凌彦翀无俗念

凌彦翀作《无俗念》云："等闲屈指，算今来古往，谁为英杰。耳目聪明天赋予，怎肯虚生虚灭。去燕来鸿，飞乌走兔，世事何时歇。风波境界，大川不用频涉。　空踏遍、万户千门，五湖四海，一样中秋月。正面相看君记取，全体本来无缺。空里非空，梦中是梦，莫向痴人说。便须骑鹤，夜深朝礼金阙。"又《蝶恋花》词云："一色杏花三百树。茅屋无多，更在花深处。旋压小槽留客住。举杯忽听黄鹂语。　醉眼看花花亦舞。风妒残红，飞过邻墙去。却似牧童遥指处。清明时节纷纷雨。"词格清逸，一洗铅华，非骈金俪玉者比也。

【壹贰】瞿宗吉西湖秋泛

宗吉_{瞿佑}"西湖秋泛"《满庭芳》词:"露苇
催黄，烟蒲驻绿，水光山色相连。红衣落尽，辜
负采莲船。点检六桥杨柳，但几个、抱叶残蝉。
秋容晚，云寒雁背，风冷鹭鸶肩。　　华筵。容易
散。愁添酒量，病减诗颠。况情怀冲淡，渐入中
年。扫退舞裙歌扇，尽付与、一枕高眠。清闲
好，脱巾露发，仰面看青天。"又"西湖四时"
《望江南》词:"西湖景，春日最宜晴。花底管
弦公子宴，水边罗绮丽人行。十里按歌声。""西
湖景，夏日正堪游。金勒马嘶垂柳岸，红妆人泛
采莲舟。惊起水中鸥。""西湖景，秋日更宜观。
桂子冈峦金粟富，芙蓉洲渚彩云间。爽气满山
前。""西湖景，冬日转清奇。赏雪楼台评酒价，
观梅园圃定春期。共醉太平时。"

【壹叁】瞿宗吉鞋杯词

杨廉夫_{杨维桢}尝访瞿士衡，以鞋杯行酒，命其
侄孙宗吉_{瞿佑}咏之。宗吉作《沁园春》以呈，廉夫
大喜，即命侍妓歌以侑觞。词云:"一掬娇春，弓
样新裁，莲步未移。笑书生量窄，爱渠尽小，主
人情重，酌我休迟。酝酿朝云，斟量暮雨，能使曲
生风味奇。何须去，向花尘留迹，月地偷期。　　风
流到处便宜。便豪吸雄吞不用辞。任凌波南浦，

唯夸罗袜，赏花上苑，只劝金卮。罗帕高擎，银瓶低注，绝胜翠裙深掩时。华筵散，奈此心先醉，此恨谁知？"

【壹肆】马浩澜著花影集

马浩澜^{马洪}著《花影集》，自序云："予始学为南词，漫不知其要领。偶阅《吹剑录》中载：东坡^{苏轼}在玉堂日，有幕士善歌，坡问曰：'吾词何如柳耆卿^{柳永}？'对曰：'柳郎中词宜十七八女孩儿，按红牙拍，歌"杨柳岸、晓风残月"；学士词须关西大汉，执铁板唱"大江东去"。'缘是求二公词而读之，下笔略知蹊径。然四十馀年，仅得百篇，亦不可谓不难矣。法云道人尝劝山谷^{黄庭坚}勿作小词，山谷云：'空中语尔。'予欲以'空中语'名其集，或曰不文，改称《花影集》。'花影'者，月下灯前，无中生有。以为假则真，谓为实犹涉虚也。"今漫摘数首，以便展玩云。其商调《少年游》云："弄粉调脂，梳云掠月，次第晓妆成。鹦鹉笼边，秋千墙里，半晌不闻声。　　原来却在瑶阶下，独自踏花行。笑摘朱樱，微揎翠袖，枝上打流莺。"《行香子》云："红遍樱桃。绿暗芭蕉。锁窗深、春思无聊。双飞燕懒，白啭莺娇。正漏声迟，帘影静，篆香飘。　　惜月前宵。病酒今朝。有谁知、臂玉微销。封题锦字，寄与兰翘。恨树重重，云渺渺，水迢迢。”“春夜”《生查子》云：“烧罢夜香时，独立帘儿下。真个可怜宵，一刻千金价。　啼痕不记行，暗湿鲛绡帕。蝶宿牡丹丛，月转秋千架。”“春日”《海棠春》云：“越罗衣薄轻寒透。正画阁、风帘飘绣。无语小莺慵，有恨垂杨瘦。　桃花人面应依旧。忆那日、撑浆时候。添得暮愁牵，只为秋波溜。”《凤凰台上忆吹箫》云：“淡淡秋容。澄澄夜影，娟娟月挂梧桐。爱箫声缥缈，帘影玲珑。彩凤衔书未至，玉宇净、香雾空濛。凉如水，翠苔凝露，琪树吟风。　匆匆。年华暗换，嗟旧欢成梦。芳鬓飞蓬。想清江泛鹢，紫陌游骢。应念佳期虚负，瞻素彩、感慨相同。凝情久，谁家捣衣，砧杵丁东。”《青玉案》云：“平川渺渺花无数。明镜里，孤舟度。华下美人和笑顾。问郎莫似，乞浆崔护，别久来何暮。　盈盈罗袜凌波步。眉月连娟鬓如雾。人世光阴花上露。劝郎休去，再来恐误，个是桃源路。”“中秋”《鹊桥仙》云：“不寒不暑，无风无雨，秋色平分佳节。桂花香散夜凉生，小楼上、帘儿高揭。　多愁多病，闲忧闲闷，绿鬓纷纷成雪。平生不作负恩人，惟负了、今宵明月。”“九日”《金菊对芙蓉》云：“过雁行低，鸣蛩韵急，纷纷叶下亭皋。向霜庭看菊，飚馆题糕。依然宾主东南美，胜龙山，迢递登高。绣屏孔雀，金盘螃蟹，银瓮葡萄。　痛饮鲸卷波涛。笑百年春梦，万事秋毫。问台前戏马，海上连鳌。当时二子今安在？乾坤大、容我粗豪。四弦裂帛，双鬟舞雪，左手持螯。"梅花"《东风第一枝》云："饵玉餐香，梦云情月，花中无此清莹。俨然姑射仙人，华佩明珰新整。五铢衣薄，应怯瑶台凄冷。自骖鸾来下人间，几度雪深烟暝。　孤绝处，江波流影。憔悴也，春风销粉。相思千种闲愁，声声翠禽啼醒。西湖东阁，休说当时风景。但留取、一点芳心，他日调羹金鼎。""落花"《满庭芳》云："春老园林，雨馀庭院，偏惹蝶骇莺猜。蔫红皱白，狼藉满苍苔。正是愁肠欲断，珠箔外、点点飘来。分明似、身轻飞燕，扶下碧云台。　当初，珍重意，金钱竞买，玉砌新栽。正翠屏遮护，羯鼓催开。谁道天机绣锦，都化作、紫陌尘埃。纱窗里，有人怜惜，无语托香腮。"

【壹伍】马浩澜词

马浩澜洪，仁和人，号鹤窗。善诗咏而词调尤工。皓首韦布，而含吐珠玉，锦绣胸肠，褒然若贵介工孙也。尝题许应和松竹双清扇景词云："剪蒿莱。曾将双翠亲裁。旋添成、园林佳胜，依稀嶰谷徂徕。凤飞过，文章灿烂，蛟腾攫，鳞

甲毵毶。刬节题诗，收花酿酒，鬓粘香粉袖粘
苔。无人识，栋梁之具，管籥之才。荫亭台。尽
多风月，清无半点尘埃。　　竿期截，六鳌连举，
巢堪托，孤鹤时来。色莹琅玕，脂凝琥珀，笑他
们柳与庭槐。萧郎去，毕宏已老，谁富写生才。
君看取，岁寒三友，只欠梅开。"盖《多丽》词
也。许东溟以为可追迹康伯可康与之，可谓信然。
又"题梅花"《江城引》云："雪晴闲览瘦筇扶。
过西湖。访林逋。湖上天寒，草树尽凋枯。忽见
琼葩光照眼，仙格调，玉肌肤。　　夜空云静月轮
孤。巧相摹。海涛图。时听枝头，啁哳翠禽呼。
纵有明珠三百琲，知似得，此花无。"清气逸发，
莹无尘想。又"题许东溟小景"《昭君怨》云：
"路远危峰斜照。瘦马尘风衣帽。此去向萧关？
向长安？　　便坐紫薇花底。只似黄粱梦里。三径
易生苔。早归来。"言有尽而意无穷，方是作者。
徐伯龄言："鹤窗与陆清溪偕出菊庄之门，而清溪
得诗律，鹤窗得词调。"异体齐名，可谓盛矣。

[壹陆]马浩澜念奴娇

　　马浩澜马洪《念奴娇》词云："东风轻软，把
绿波、吹作縠纹微皱。彩舫亭亭宽似屋，载得玉
壶芳酒。胜景天开，佳朋云集，乐继兰亭后。珍
禽两两，惊飞犹自回首。　　学士港口桃花，南屏

松色，苏小门前柳。冷翠柔金红绮幔，掩映水明山秀。闲试评量，总宜图画，无此丹青手。归时侵夜，香街华月如昼。”

【壹柒】聂大年词附马浩澜和

聂大年尝赋《卜算子》二首，盖自况也。词云：“杨柳小蛮腰，惯逐东风舞。学得琵琶出教坊，不是商人妇。　忙整玉搔头，春笋纤纤露。老却江南杜牧之，懒为秋娘赋。”“粉泪湿鲛绡，只恐郎情薄。梦到巫山第几峰，酒醒灯花落。　数日尚春寒，未把罗衣着。眉黛含颦为阿谁，但悔从前错。”马浩澜马洪和云：“歌得雪儿歌，舞得霓裳舞。料想前身跨凤仙，合作萧郎妇。　颜色雪中梅，泪点花梢露。云雨巫山十二峰，未数《高唐赋》。”“花压鬓云低，风透罗衫薄。残梦瞢腾下翠楼，不觉金钗落。　几许别离愁，独自思量着。欲寄萧郎一纸书，又怕归鸿错。”

【壹捌】一枝春守岁词

守岁之词虽多，极难其选，独杨守斋杨缵《一枝春》最为近世所称。词云：“竹爆惊春，竞喧阗夜起，千门箫鼓。流苏帐暖，翠鼎缓腾香雾。停杯未举。奈刚要、送年新句。应自赏、歌清字圆，未夸上林莺语。　从他岁穷日暮。纵闲愁，

怎减刘郎风度。屠苏办了，迤逦柳欢梅妒。宫壶
未晚，早骄马绣车盈路。还又把，月夕花朝，自
今细数。"

【壹玖】斗草词

春日，妇女喜为斗草之戏。黄子常《绮罗
香》词云："绡帕藏春，罗裙点露，相约莺花丛
里。翠袖拈芳，香沁笋芽纤指。偷摘遍、绿径
烟霏，悄攀下、画阑红紫。扫花阶，褥展芙蓉，
瑶台十二降仙子。 芳园清昼乍永，亭上吟吟笑
语，妒秋夸丽。夺取筹多，赢得玉玦瑜珥。凝素
靥，香粉添娇，映黛眉，淡黄生喜。绾胸带，空
系宜男，情郎归也未。"

【贰〇】卖花声

黄子常《卖花声》词云："人过天街，晓色
担头红紫。满筠筐、浮花浪蕊。画楼睡醒，正眼
横秋水。听新腔，一回催起。 吟红叫白，报得
蜂儿知未。隔东西、馀音软美。迎门争买，早斜
簪云髻。助春娇，粉香帘底。"乔梦符和词云：
"侵晓园丁，叫道嫩红娇紫。巧工夫、攒枝饾
蕊。行歌伫立，洒洗妆新水。卷香风、看街帘起。
深深巷陌，有个重门开未。忽惊他、寻春梦美。穿
窗透阁，便凭伊唤取。惜花人、在谁根底。"

【贰壹】梁贡父木兰花慢

梁贡父曾，燕京人。大德初，为杭州路总管。政事文学，皆有可观。尝作"西湖送春"《木兰花慢》词云："问花花不语，为谁落，为谁开？算春色三分，半随流水，半入尘埃。人生能几欢笑，但相逢、樽酒莫相推。千古幕天席地，一春翠绕珠围。 彩云回首暗高台。烟树渺吟怀。拼一醉留春，留春不住，醉里春归。西楼半帘斜日，怪衔春、燕子却飞来。一枕青楼好梦，又教风雨惊回。"此词格调俊雅，不让宋人也。

【贰贰】花纶太史词

杭州花纶，年十八，黄观榜及第三人。初读卷官进卷，以花纶第一，练子宁第二，黄观第三。御笔改定以黄第一，练第二，花第三。南京谚有"花练黄、黄练花"之语。故后人犹以"花状元"称之。其科《题名记》及《登科录》，皆以黄、练二公死革除之难划毁，故相传多误。花有词藻，其谪戍云南，有"题杨太真画图"《水仙子》一阕云："海棠风，梧桐月，荔枝尘。霓裳舞，翠盘娇，绣岭春。锦裍嬉，金钗信，香囊恨。痴三郎，泥太真。马嵬坡，血污游魂。杨柳眉、侵韎黛损。芙蓉面、零脂落粉。牡丹芽、剪草除根。"其风致不减元人小山张可久、酸斋贯云石

143

辈。滇人传唱，多讹其字，余为订之云。

【贰卷】锁懋坚词

锁懋坚，西域人，扈宋南渡，遂为杭人。代有诗名，懋坚尤善吟写。成化间，游苕城，朱文理座间，索赋其家假山，懋坚赋《沉醉东风》一阕云："风过处。香生院宇。雨收时，翠湿琴书。移来小朵峰，幻出天然趣。倚阑干，尽日披图。谩说蓬莱本是虚。只此是、神仙洞府。"为一时所称。

【壹】卓稼翁词

三山卓田，字稼翁，能赋驰声。尝作词云："丈夫只手把吴钩。欲断万人头。因何铁石，打成心性，却为花柔。　君看项籍并刘季，一怒使人愁。只因撞着，虞姬戚氏，豪杰都休。"其为人溺志可想。

【贰】王昂催妆词

探花王昂榜下择婿时，作《催妆词》云："喜气满门阑，光动绮罗香陌。行到紫薇花下，悟身非凡客。　不须脂粉污天真，嫌怕太红白。留取黛眉浅处，画章台春色。"

【叁】萧轸娶再婚

三山萧轸登第，榜下娶再婚之妇。同舍张

任国以《柳梢青》词戏之曰："挂起招牌。一声喝采，旧店新开。熟事孩儿，家怀老子，毕竟招财。　当初合下安排。又不豪门买呆。自古道，正身替代，见任添差。"

[肆] 平韵忆秦娥

太学服膺斋上舍郑文，秀州人。其妻寄以《忆秦娥》云："花深深。一钩罗袜行花阴。行花阴。闲将罗带，试结同心。　日边消息空沉沉。画眉楼上愁登临。愁登临。海棠开后，望到如今。"此词为同舍者传播，酒楼妓馆皆歌之，以为欧阳永叔欧阳修词，非也。

[伍] 刘鼎臣妻词

婺州刘鼎臣赴省试，临行，妻作词名《鹧鸪天》云："金屋无人夜剪缯。宝钗翻过齿痕轻。临行执手殷勤送，衬取萧郎两鬓青。　听嘱付，好看成。千金不抵此时情。明年宴罢琼林晚，酒面微红相映明。"

[陆] 易袚妻词

易袚，字彦章，潭州人。以优校为前廊，久不归。其妻作《一剪梅》词寄云："染泪修书寄彦章。贪作前廊。忘却回廊。功名成遂不还乡。石

146

做心肠。铁做心肠。　　红日三竿懒画妆。虚度韶光。瘦损容光。相思何日得成双？羞对鸳鸯。懒对鸳鸯。”

【柒】柔奴

《东皋杂录》云：王定国岭外归，出歌者劝东坡_{苏轼}酒。坡作《定风波》，序云：“王定国歌儿曰柔奴，姓宇文氏。眉目娟丽，善应对。家世住京师。定国南迁归，余问柔：‘广南风土，应是不好？’柔对曰：‘此心安处，便是吾乡。’因为缀此词云。”“常羡人间琢玉郎。天教分付点酥娘。自作清歌传皓齿。风起，雪飞炎海变清凉。　　万里归来年愈少。微笑。笑时犹带岭梅香。试问岭南应不好。却道，此心安处是吾乡。”

【捌】美奴

苕溪渔隐_{胡仔}曰：陆敦礼藻有侍儿名美奴，善缀词。出侑樽俎，每丐韵于坐客，顷刻成章。《卜算子》云：“送我出东门，乍别长安道。两岸垂杨锁暮烟，正是秋光老。　　一曲古《阳关》，莫惜金樽倒。君向潇湘我向秦，鱼雁何时到？”《如梦令》云：“□暮马嘶人去。船逐清波东注。后夜最高楼，还肯思量人否？无绪。无绪。生怕黄昏疏雨。”

李师师

李师师，汴京名妓。张子野_{张先}为制新词，名
《师师令》。略云：“蜀彩衣长胜未起。纵乱云
垂地。”“正值残英和月坠。寄此情千里。”秦少游
_{秦观}亦赠之词云：“看遍颍川花，不似师师好。”后
徽宗微行幸之，见《宣和遗事》。《瓮天脞语》又
载：宋江潜至李师师家，题一词于壁云：“天南地
北，问乾坤何处，可容狂客？借得山东烟水寨，
来买凤城春色。翠袖围香，鲛绡笼玉，一笑千金
值。神仙体态，薄倖如何销得！　想芦叶滩头，
蓼花汀畔，皓月空凝碧。六六雁行连八九，只待
金鸡消息。义胆包天，忠肝盖地，四海无人识。
闲愁万种，醉乡一夜头白。”小词盛于宋，而剧贼
亦工如此。

【壹〇】于湖南乡子

张于湖_{张孝祥}送朱元晦_{朱熹}行，与张钦夫_{张栻}、
邢少连同集，作《南乡子》一词云：“江上送归
船。风雨排空浪拍天。赖有清樽浇别恨，凄然。
宝烛烧花看吸川。　楚舞对湘弦。暖响围春锦
帐毡。坐上定知无俗客，俱贤。便是朱张与少
连。”此词见《兰畹集》。观“楚舞湘弦”之句，
及朱文公《云谷寄友》绝句云：“日暮天寒无酒
饮，不须空唤莫愁来。”则晦翁于宴席，未尝不用

妓。广平之赋梅花，又司马公亦有艳辞，亦何伤于清介乎？

［壹壹］珠帘秀

姓朱氏，行第四，杂剧为当今独步。驾头、花旦、软末泥等，悉造其妙。胡紫山宣尉尝以《沉醉东风》曲赠云："锦织江边翠竹，绒穿海上明珠。月淡时，风清处，都隔断、落红尘土。一片闲情任卷舒，挂尽朝云暮雨。"冯海粟待制亦赠以《鹧鸪天》云："凭倚东风远映楼。流莺窥面燕低头。虾须瘦影纤纤织，龟背香纹细细浮。　红雾敛，彩云收。海霞为带月为钩。夜来卷尽西山雨，不著人间半点愁。"盖朱背微偻，冯故以帘钩寓意。至今后辈以朱娘娘称之者。

［壹贰］赵真真杨玉娥

赵真真、杨玉娥善唱诸宫调。杨立斋见其讴张五牛、商正叔所编《双渐小卿怨》，因作《鹧鸪天》、《哨遍》、《耍孩儿》煞以咏之。后曲多不录。今录前曲云："烟柳风花锦作园。霜芽露叶玉装船。谁知皓齿纤腰会，只在轻衫短帽边。　啼玉屚，咽冰弦。五牛身去更无传。词人老笔佳人口，再唤春风在眼前。"

149

【壹叁】刘燕歌

刘燕歌善歌舞。齐参议还山东，刘赋《太常引》以饯云："故人别我出阳关。无计锁雕鞍。今古别离难。况隔断、蛾眉远山。　　一樽别酒，一声杜宇，寂寞又春残。明月小楼闲。第一夜、相思泪弹。"至今脍炙人口。

【壹肆】杜妙隆

杜妙隆，金陵佳丽人也。卢疏斋^{卢挚}欲见之，行李匆匆，不果所愿。因题《踏莎行》于壁云："雪暗山明，溪深花藻。行人马上诗成了。归来闻说妙隆歌，金陵却比蓬莱渺。　　宝镜慵窥，玉容空好。梁尘不动歌声悄。无人知我此时情，春风一枕松窗晓。"

【壹伍】宋六嫂

宋六嫂，小字同寿。元遗山^{元好问}有"赠鬐栗工张嘴儿"词，即其父也。宋与其夫合乐，妙入神品。盖宋善讴，其夫能传其父之艺。滕玉霄^{滕宾}待制尝赋《念奴娇》以赠云"柳颦花困"云云，词见第五卷。《念奴娇》一名《百字令》。

【壹陆】一分儿

一分儿，姓王氏，京师角妓也。歌舞绝伦，

聪慧无比。一日，丁指挥会才人刘士昌、程继善等于江乡园小饮，王氏佐樽。时有小姬歌《菊花会》南吕曲云："红叶落，火龙褪甲。青松枯，怪蟒张牙。"丁曰："此《沉醉东风》首句也，王氏可足成之。"王应声曰："红叶落，火龙褪甲。青松枯，怪蟒张牙。可咏题，堪描画。喜觥筹，席上交杂。答剌苏频斟入礼厮麻。不醉呵，休扶上马。"一座叹赏，由是声价愈重焉。

【壹】转应曲

《转应曲》与《宫中调笑》平仄相合，予常拟之。

【贰】鼓子词

宋欧阳六一_{欧阳修}作《十二月鼓子词》，即今之《渔家傲》也。元欧阳圭斋_{欧阳玄}亦拟为之，专咏元世燕风物。

以上见函海本《词品》卷一

【叁】刘会孟

刘须溪_{刘辰翁}"丁酉元夕"《宝鼎现》词云："红妆春骑，踏月花影，牙旗穿市。望不尽、歌楼舞榭，习习香尘莲步底。箫声断、约彩鸾归

152

去，未怕金吾呵醉。甚辇路、喧阗且止？听得念奴歌起。　　父老犹记宣和事。抱铜仙、清泪如水。还转盼、沙河多丽。滉漾明光连邸第。帘影动、散红光成绮。月浸蒲桃十里。看往来、神仙才子，肯把菱花扑碎？　　肠断竹马儿童，空见说、三千乐指。等多时、春不归来，到春时欲睡。又说向、灯前拥髻，暗滴鲛珠坠。便当日、亲见霓裳，天上人间梦里。"此词题云"丁酉"，盖元成宗大德元年，亦渊明书甲子之意也。词意凄婉，与《麦秀歌》何殊？尹济翁"寿须溪"《风入松》词云："曾闻几度说京华。愁压帽檐斜。朝衣熨贴天香在，如今但、弹指兰阇。不是柴桑心远，等闲过了元嘉。　　长生休说枣如瓜。壶日自无涯。河倾南纪明奎壁，长教见、寿气成霞。但得重携溪上，年年人共梅花。"

[肆] 镜听

李廓、王建皆有《镜听》词。镜听，今之响卜也。

以上见《函海》本《词品》卷六